Q版特工

嘉薰醫生

隱市狂徒

梁科慶

陳嘉薰

Q版特工 x 嘉薰醫生：隱市狂徒
作者／梁科慶　陳嘉薰
總編輯／馬鎮梅
責任編輯／楊碧瑤
美術設計／blacktony
出版發行／突破出版社
香港沙田亞公角山路33號突破青年村
電話：2632 0000　傳真：2632 0388
電郵：breakthrough@breakthrough.org.hk
網址：http://www.breakthrough.org.hk
http://www.btproduct.com
承印／陽光印刷製本廠
2010年7月初版1刷
2011年1月初版2刷

The Secret Agent x Dr Gavin: The Masked Killer
by Leung For-hing & Gavin Chan
First Printing, First Edition, July 2010
Second Printing, First Edition, January 2011

ISBN 978-988-8073-03-0

飛翔專號

目錄

序　*個人稱霸對雙劍合璧*
李淑潔
> 6

1 蘭桂坊異類
午夜，蘭桂坊酒吧，嘉薰醫生紅酒醉佳人……
> 10

2 千面人魔
旺角空投鏹水彈，嗜血人魔耍疊變，舞迷障……
> 44

夢幻衝擊
夢幻組合窩裏反？阿Wing竟直刺嘉薰醫生腦門！
> 88

伏妖記
鬥智鬥力，突圍而攻，人魔戲劇現形……
> 126

後記 陳嘉薰
> 178

序 個人稱霸 對 雙劍合璧

李淑潔

「青年發展基金」培訓顧問

一開始讀這部小說，我就停不了，即使外出乘車都帶在身邊。書中的街道我都熟悉，想起其中的情節，忽然有種立體感，像走進案件重演的現場。

問題在腦海旋繞：兇徒是千面人嗎？誰是千面人？

走在這些熱鬧街頭，尤其像旺角、銅鑼灣等人山人海的地區，有時猛然回頭，看看有否狂徒的身影。他會埋伏在人羣中嗎？會否再施毒手，叫人飽受驚嚇？原本熟悉的地方應該安全，怎麼竟隱藏着危機？

但，這些神經緊張的感覺卻不陌生，時事傳媒經常報道類似的暴力事件。可能聽得太多而麻木了，忽略了我們的城市，原來也隱伏着暴力的危機。

好端端的人怎麼會襲擊別人，變成那麼可怕的歹徒？嘉薰醫生和特工阿Wing筆下的狂徒初出場的時候，也不太討厭他，表面上生活和一般人差不多，可能跟你跟我的分別不大。

當然他們所追查的兇徒身手敏捷，有聰明冷靜的頭腦，但有一個特徵值得留意，他性格孤僻、極度自我和自大，活在自我建構的狹窄封閉世界裏；自以為是，狂妄得不可一世，容不下別人，卻又很在乎別人的眼光，怎樣看待自己。

千面人淪以千百種面孔出現，卻缺一種：面對真正的自己。空有聰明才幹，用在破壞的事情上，所帶來的殺傷力更大。原來自我中心和驕傲是那麼可怕，一個人逐漸走歪了，也不自知。

看小說，我也提醒自己，以千面人的虛假為鑑，以免墮入自私自利的思維。有句話值得細味：保守你的心，勝過保守一切，一生的果效都是從心裏發出來的。

對比之下，嘉薰醫生和特工阿Wing的出現，有如黑暗中透出一道曙光。開始的時候，他們各在自己的領域裏工作，還不知道遇上了勁敵。偵查厲害的歹徒，就面臨困難重重，甚至出現力有不逮的情況。

幸好，他們肯放下身段，彼此配搭合作，產生了雙劍合璧的奇妙力量。他們為伸張正義而施展奇謀，過程既刺激又精彩，叫人看得津津有味，有意想不到的痛快。

好一個俠義夢幻組合。難得他們有顆仁慈敏銳的心，了解最失意的人仍有可取的一面；洞悉殘障人士亦有獨特的優勢。他們懂得尊重別人，總發掘對方的好處，這樣的合作精神，說不定將來還可以組織一個可觀的團隊，以耳目一新的陣容去破案除奸。

現實中，俠骨柔腸的夢幻團隊好像難以實現，但，憧憬本身就是美好，會帶予人希望。

這本書就是一個可貴的實例。

兩位作家，本來可以各自精彩（事實上各已擁有自己的書系領域），但他們繼《生死X緣》後，願意再嘗試crossover，接受共同創作的挑戰。這種放下身段、再接再厲的精神令人感動。《隱市狂徒》這部小說流暢圓融，從中可見他們所付上的努力；合寫，背後花了多少時間心思。

還有，他們有本領使人在愉快中學習，是課堂裏不一定學到的。不信，玩個遊戲，像我拿起筆來，把書中內容列張清單，如：宋詞、太極拳招式、醫藥知識、Boolean Logic……告訴你，我好奇依着清單去繼續「偵查」，發現裏面全都是很有趣的學問。

噢，要當嘉薰醫生和特工阿Wing也真不簡單，看來有真人版，難能可貴的夢幻組合。

1 蘭桂坊異類

午夜，蘭桂坊酒吧，嘉薰醫生紅酒醉佳人……

1

阿Wing一面左手轉車檔，放慢車速，一面右手扭動方向盤，把BMW四門房車駛進中環德己立街。

嘉薰醫生在電話裏頭講明會在路旁等候。阿Wing輕踩一下剎車，再減慢車速，瞇起雙眼，左右掃視兩旁的路人。

剛才那通電話，嘉薰醫生説得很急，背景又吵，阿Wing無從問個明白。夜裏十二時多，收到嘉薰醫生的電話，簡直是破天荒。除了因應工作需要，得加班捱夜，嘉薰醫生一向習慣早睡早起，跟夜生活絕緣；這夜竟吵醒阿Wing，囑他盡速趕往蘭桂坊與他會合——就寢不久的阿Wing還以為做夢，呆愕了片刻，才懂得回應：半小時內趕到。

太不可思議了，三更半夜，嘉薰醫生流連蘭桂坊！阿Wing試作個誇張的想像，嘉薰醫生會不會左手擁着一個金髮女郎，右手揹着半瓶紅酒？擔心不能通過呼氣酒精測試，請阿Wing開車去接他？抑或擔心給女友雯「扭耳朵」，請阿Wing替他善後？

阿Wing愈想愈摸不着頭腦，心急要看嘉薰醫生到底搞什麼，不期然加速、超速，不消幾分鐘，便抵達蘭桂坊。

9月裏，午夜過後的蘭桂坊，燈紅酒綠，鬧騰得挺歡。

左前方，酒吧門外，四個手挽公事包和西裝上衣的男人，簇擁着兩個身穿短褲、小背心的妙齡少女。四男微有醉意——醉翁之意，團團圍着兩女，談得手舞足蹈，眉開眼笑。

右前方，白人胖子抱着一個衣着性感的紅髮女人，登上計程車。女人發出陣陣浪笑，即使關上車門，隔着兩道車窗，阿Wing仍依稀聽見她的笑聲。

嘉薰醫生真的在這裏買醉嗎？阿Wing皺起眉頭。

BMW往前慢駛，越過那堆四男兩女，嘉薰醫生出現在右側的人行道上。阿Wing赫然一怔，除了金髮，一切跟想像的竟然一模一樣。

那女子，一頭長長的黑髮跌在胸前，遮着臉龐。

她是雯？阿Wing為嘉薰醫生找解釋。然而，雯是短髮的。

是他的妹妹？可是，據阿Wing所知，嘉薰醫生只有一個當大學教授的弟弟。

嘉薰醫生和弟弟是孿生兄弟，樣貌相似，阿Wing驟眼也分不清誰是誰。弟弟的眉較粗眼較小頭髮較長唇較厚頭較禿，留心看才會發現不同。

人可以如此相像，也真奇妙。

車來到二人近前，阿Wing端詳眼前的「風流酒客」，分明不是嘉薰醫生的孿生弟弟。

嘉薰醫生左手攙扶那個步履不穩的長髮女子，右手揹着半瓶紅酒，胳臂上挎着一個A貨Blue Label手袋，肩上還搭着一件海藍色的女裝外套，滿頭汗水，樣子很是狼狽。可是平日慣於處理不會動的屍首，一碰上活色生香的醉酒女郎，因為實戰經驗幾乎一片空白，他才難免手忙腳亂？

嘉薰醫生乍見阿Wing，綳緊的表情，登時如釋重負，像個抱着木板在海中漂浮的難民，看見搜救船隻一般。

阿Wing把船，不，把車——剎停，按下電動車窗，高聲打趣問對方：「你從酒吧後巷撿回來的嗎？」

嘉薰醫生對阿Wing的「爛gag」毫不在意，他一臉有口難言，不住搖頭，弓起指端拉開BMW的後座車門，趕忙把長髮女郎，連同她的外套、手袋一併塞進車去，仿如甩掉一個燙手山芋，然後「砰」地帶上車門。

車廂後座登時陣陣酒氣、胃氣，酸臭不堪。

嘉薰醫生急步繞過車尾，打開前座車門，喘着氣道：「你來了，真好！拜託，請幫忙安頓她……」

「喂！靚仔老細——」有一個老闆娘似的女人，從好幾米以外的酒吧跑出來，「等一等呀——」

「你忘了結賬嗎？」阿Wing再來一個爛gag。

「賬？」右足剛踏進車廂的嘉薰醫生，又把腳縮回去，凝神思索，「結過了，還付足小費。」

「吧枱那個棕色Dunhill公事包，是不是你遺下的？」老闆娘又探身望進車裏，說：「你急什麼？人家已經醉得不省人事……哼，兩個大男人——」老闆娘瞥了阿Wing一眼，意會什麼似的。

阿Wing扮個鬼臉，擺出一副事不關己的表情，說道：「我只是一個半夜應召的司機。」

「阿Wing，實際情況，等一會才跟你説。」嘉薰醫生滿腔委屈，沒好氣地把紅酒扔在座椅上，「我取回公事包去。」

「我等你……」

「砵——砵砵——」

後面的計程車鳴號催促。畢竟阻塞交通，阿Wing自知理虧，便探頭窗外，向嘉薰醫生背後喊去：「我在前面『鏞記』門口等你。」

嘉薰醫生回頭示意明白。

阿Wing托一下眼鏡，關上車窗，驅車前行。從後視鏡裏，看見嘉薰醫生走進酒吧，老闆娘搔首弄姿，跟在他身後，兩人看似相當熟絡。再看橫臥後座沙發上的長髮女子，自己怎會從嘉薰醫生手上接過這個包袱？阿Wing詫異之餘，亦希奇向來循規蹈矩的嘉薰醫生，怎會跟酒、女人扯上關係？

女子緩緩仰臉，亂蓬蓬的頭髮紛紛跌到左邊去，露出大半張臉，這時才看到她架了一副太陽眼鏡，樣子倒算清秀，右臉近腮骨處貼了一塊Banitore 7cm x 6cm傷口護墊貼，口裏咿咿哦哦，阿Wing聽不懂她説什麼。

「不要吐在我的車裏啊！……」阿Wing喃喃道：「烏天黑地，戴副『黑超』，裝酷；又不是明星、歌星，希望你不是盲的。」

「我冷……」

女子在微微顫抖，雙臂泛起雞皮疙瘩，大概街上悶熱，車內空調溫度甚低，她在街上站久了，驟然上車，一時不能適應。阿Wing把車停下，回身抓起她的外套，披在她身上。

「砵砵——」

後面的計程車司機極不耐煩，大力按號，責怪阿Wing一再擋住他的去路。

阿Wing趕緊開車，詎料，剛拐彎轉出德己立街，把車子靠左慢駛，正要在鏞記門口停泊，尾隨的計程車陡地超車搶檔，「呼」地越過阿Wing的BMW，搶先在前面停車。

「軋——」阿Wing慌忙大力剎車。雖然沒撞上計程車，但急剎車帶來的震動，教阿Wing的前額險些撞着方向盤。後座「咚」的一聲，長髮女郎從沙發滾下，卡在前後座椅之間。

「搞什麼鬼？」阿Wing搓揉着頸背，按下車窗。

前面，那計程車門打開，跳出一個魁梧大漢。那大漢滿臉鬍鬚，怒氣沖沖，額上青筋一根根暴現，大步朝BMW踏來，邊走邊罵：「可惡！四眼仔，不懂開車就坐計程車，慢吞吞，阻住地球轉！人家要搵食的。」他這副惡形惡相，若在臉孔塗上油彩，十足一個「吹鬚碌眼」的粵劇大花臉。

阿Wing沉住氣，應道：「喂，現在阻塞交通的是你，快把車子開走吧。」給卡着的女郎，似轉身不來，神志不清間，連聲高呼「救命！」

「啊！原來裏面有個女人，嘖嘖，衣衫不整。咦，好像不省人事……」計程車司機興頭來了，隔着車窗探頭探腦，又蹙眉瞪眼，「四眼仔，你想擄拐婦女……」

「你別亂說，她是我朋友的朋友。」

「朋友的朋友，好牽強呢！不如說她是你的老婆吧。」計程車司機揶揄。

「我是便衣警察，發生什麼事？」一個高瘦的男子走過來，掏出證件，在阿Wing和計程車司機眼前晃了晃，「你們撞了車？」他不開腔還可以，一張口説話，露出一排焦黃門牙，噴出一股煙臭口氣，教人退避三舍。這人，倒是戒煙廣告的好材料。

「阿Sir，你來得正巧。」計程車司機跳開，「你看，車廂裏面，躺着個女人呢！這個四眼色魔，擄拐婦女，快拘捕他！」

便衣警察將信將疑，在車外俯身探看，「裏面的女人是你的……？她沒事吧？」

「他可能身懷武器，阿Sir，快拔槍戒備。他稍有異動，你就開槍射他！」計程車司機在旁大呼小叫。

「冷靜。」阿Wing徐徐下車，張開雙手，「請聽我説，她喝醉罷了，不用call白車。她是我的朋友的朋友，我送她往……」

「她叫什麼名字？住在哪兒？」便衣警察上下打量阿Wing，一派不信任的神情。

「她……」阿Wing答不上口。

「吞吞吐吐，分明作賊心虛。」計程車司機繼續煽風點火。

好些路人佇足圍觀，指指點點，令阿Wing尷尬不已。

「我懷疑你身上藏有武器，意圖不軌，我要進行搜身，請你合作。」便衣警察伸手扳阿Wing的肩頭。

阿Wing撥開他的手，道：「有話慢慢說，我認識你們的何Sir。」

「公事公辦，就算你認識警務署長，也得給我搜身。」固執的便衣警察揪住阿Wing的衣領不放手。

阿Wing火了，待要發作。

「請等一下，王沙展……」嘉薰醫生挽着他的Dunhill公事包，推開圍觀的人，從車前走過來。

「噢，嘉薰醫生，是你……」便衣警察放開阿Wing。

「王沙展，是這樣的。車內那女人是一個關鍵證人。我們剛在酒吧找到她。她喝醉了，為免生意外，我們要帶她到醫院，弄醒她，再看情況替她錄口供。」

「那，我不耽延你們，快，趕快送她到醫院去。」王沙展轉身，「嗨，開計程車的，你沒聽見嗎？警方辦案呢！還不駛開你的車？」

「可是，他好像撞上我的車，我要檢查……」計程車司機還想纏下去。

「輕微碰撞，沒有傷亡，無謂小事化大。」王沙展拍拍計程車頂，「阻差辦公，卻非同小可。你不想我控告你吧？」

「真倒楣…… 原告變被告……」計程車司機一面嘀咕，一面登車。

「幸虧你及時趕到。」阿Wing用肩膊頂了一下嘉薰醫生，「你遲來一步，這沙展的腕關節會給我錯開，要康復，得六個星期。我非常討厭人家弄皺我的衣領。」

嘉薰醫生拉開BMW的後座車門，見女子仍沉沉大睡，蜷伏在前後座位之間，想抬起她。別看她弱質纖纖，在爛醉如泥的狀況下，身體又軟又重，加上車廂狹窄，不好使力。

阿Wing示意嘉薰醫生等一等，他繞到另一邊，俯身扛她的肩膊，二人好不容易才把她搬回座椅上去。混亂間，她的墨鏡掉了，臉上的護墊貼也貼不牢，露出右眼角附近皮膚紅腫。

那裏有個傷口，呈不規則形，位於太陽穴和面頰間，明顯給高溫灼傷，很是礙眼，幾乎毀了她清秀的面孔。傷口中央潰爛，滲着血水，呈X形由中心放射開去，波及右眼上瞼，叫眼瞼腫脹得很，眼睛只剩下一道縫。她另一隻眼睛上下眼瞼緊合，深陷眼穴中，彷彿眼球不存在似的。

原來是個瞎子，且毀了容。

雖然不知瞎眼女郎的來歷底蘊，但她這臉上的傷痕，實在教阿Wing心裏不忍，對她多添幾分同情；想起先前自己出言不遜，就算對方未曾聽見，也總有點歉疚。

此時，計程車駛開了，嘉薰醫生亦坐進BMW前座，阿Wing多瞅瞎眼女郎一眼，也跳上駕駛座，與嘉薰醫生一同跟人行道上的王沙展揮手道別，便把BMW駛出皇后大道中，再切線開進中線。

「她叫什麼名字？」

「麗文，姓高。」嘉薰醫生欲言又止，回望女子一眼，確定她穩坐位上，一口氣暗地呼出，弄不清是放心了，還是歎息。

「又是雯，一個還不夠嗎？」

「此『文』不同彼『雯』，『麗文』是文章的『文』。」嘉薰醫生看阿Wing一眼，着意澄清。

「她是關鍵證人，她的口供對破案極為重要。哈哈，真虧你想得出，我的靚仔醫生。」

「我沒説假話，她的確是證人。」嘉薰醫生還是一本正經。

「什麼案件呀？」

「高空擲鏹水彈，上個星期，9月11日，在旺角。你忘了嗎？」嘉薰醫生語氣有點憐惜：「麗文是傷者之一。」

阿Wing的心一沉，隨即回想——

上個星期⋯⋯旺角⋯⋯兩個盛滿腐蝕性液體的玻璃瓶，從高空投下，中斷了特工一項行動，特工369更因此受傷⋯⋯

2

阿Wing記得，9月12日，即案發後的第二天，早上七時，他與嘉薰醫生差不多同時抵達旺角西洋菜南街。

行人專用區已給警方封鎖，街上早齊集了來自刑事情報科、重案組、反黑組和機動部隊的警員，鑑證科亦派出十數人，在現場蒐證，撿走可疑的玻璃碎片和證物化驗。封鎖線外，一羣市民聚攏圍觀，當中又以老人家居多，他們對警方的調查行動，指手畫腳，議論紛紛。

馬路旁的一個消防龍頭，原本通身紅彤彤的，如今紅漆油給腐蝕成一個個圓點；旁邊的垃圾箱也一樣，暴露了花斑斑、泥灰色的金屬底層，足見昨天下午自高空瀉下飛濺的腐蝕性液體，殺傷力何其驚人！

阿Wing經過垃圾箱，彷彿看見當時玻璃瓶迸破，釋出白色、綠色的煙霧，一陣陣濃烈的氣味刺眼、刺鼻，行人爭相躲避，驚呼尖叫。

這裏是行人專用區，街道兩旁懸在空中的招牌，如萬國旗旗；銷售時尚新潮的地鋪，叫人眼花撩亂，有賣化妝品的、時裝的、電子產品的，還有健身室、快餐店、卡拉OK商號和書店等。平時路邊還密麻麻地豎起了「易拉架」，專門收購手機電器，或提供電訊信用卡的優惠；街頭更不時有表演節目，吸引行人、遊客圍觀，把路面原已不寬的街道，擠得水泄不通。

待仰頭想透透氣，目光稍稍向上移，便發現觸目都是一幢幢的唐樓，鱗次櫛比，如屏風般遮蔽了半邊天空。唐樓的窗戶深鎖，黑漆漆的，彷彿在繁華背後，有看不透的黑暗。

這個清晨時分，商舖還未開門營業，加上道路給警方封鎖，行人比平日疏落，令西洋菜南街顯得有點冷清。

「狂徒專揀人多的地方下毒手。」嘉薰醫生在十字路口與阿Wing相遇，兩人並肩而行。

「這是旺角。這裏有太多的行人。這裏有太多的車輛。」

「你又唸詩？」嘉薰醫生問。

「這是小說《對倒》裏對旺角的描述。那小說在1975年發表，三十多年過後，這描述仍然適用。」

「對倒？是集郵的專用詞彙。誰寫的小說？」

「劉以鬯先生。他的確喜歡集郵，因雙連郵票一正一負，遂產生用對倒方式寫小說的動機。」

「如此寫法，難度很高呢！」嘉薰醫生由衷佩服。

前面不遠處，何Sir睜起一雙「熊貓眼」，正與重案組探員交談，憂心忡忡的樣子。別看何Sir平時嬉皮笑臉，對工作倒認真，嘉薰醫生看見這老拍檔，心又踏實了一點。

警察和鑑證科人員在一幢舊樓的天台就位，準備模擬拋擲鏹水案的過程。何Sir一聲指令，鑑證科人員先後把幾個玻璃瓶從天台丟下，瓶子一落地迸裂，不同顏色的液體隨即向四周飛濺；幾個在地面工作的鑑證科人員和化驗師，馬上走近量度察看，嘗試推測擲物狂徒犯案的地點。

「何Sir，鎖定了狂徒犯事的地點嗎？」阿Wing趨前問。

何Sir搖頭，納悶地說：「不肯定，相信有七成機會來自這幾幢舊樓。」他抬頭，指指四周的樓宇，「唉！全是舊樓，都沒有閉路電視，很棘手。等一下會派人逐層勘察，向住戶發問卷調查。」

「好大的工程呢！」嘉薰醫生倒抽一口涼氣。

「看來你還要多開幾晚通宵，多頭痛一段日子。聽說特首和保安局長今早稍後會來視察，高層高度重視這鏹水彈案呢。」阿Wing體諒警方的難處。

「舊案未破，新案又起。兩個星期前高空扔下玻璃花瓶和磚塊二案，仍茫無頭緒；現在又來一宗鏹水彈。這三宗高空擲物，死傷超過六十人，犯罪行動不斷升級，怎叫人不擔心？」嘉薰醫生頓了頓，若有所思，「兇徒在道路交通繁忙時間投擲通渠水，蓄意傷人，極可能在挑戰權威，是不滿社會、強烈控訴的表現。破案愈遲，犯人的滿足感愈大，行兇更可能變本加厲。」

肇事地點附近，不時有途人經過，如今人人抬頭張望，誠惶誠恐地急步走遠。市民生命受到威脅，如果不早日把兇徒緝捕歸案，生活便沒法安寧。

「有沒有翻查『天羅地網』？有線索嗎？」阿Wing問何Sir。他口中的「天羅地網」，是在發生花瓶、磚塊二案之後，警方在

那一帶街頭裝置的全天候監視器，以遏止狂徒再作案。

「昨晚詳細看過了，拍攝不到犯案過程。唉！正好在天羅地網的盲點位置。」阿Sir神情尷尬，「好狡猾的傢伙。現在警方打算把這三宗案一併辦理，還會加強巡查，懸紅呼籲目擊者向警方提供線索。」

「我始終認為，這三宗案未必出自同一兇徒；或許是copycat、仿效者所為。」阿Wing兩臂交叉，放在胸前，眼神似在徵詢嘉薰醫生的看法。

「這是重要的調查方向，但要證實並不容易，因為犯案手法和地點都相近。」嘉薰醫生對阿Wing的推測有所保留。昨夜他為另一宗命案忙着，沒有參與鑑證，遂問何Sir：「初步鑑證有結果嗎？」

何Sir搖頭，語調低沉：「指紋和DNA樣本欠奉，全無頭緒。」他回頭再瞥阿Wing一眼，驀然如夢初醒般，張嘴成O形。

「有發現？」嘉薰醫生眨着眼睛。

「不！他——阿Wing為什麼會在這裏？高空擲物，無須……」何Sir上身湊近嘉薰醫生，壓低嗓門說：「特工出馬。」

「你在問我？嗯，我聽見嘉薰醫生出勤，閒來無事，便過來湊湊熱鬧，看他如何憑專業法醫知識，協助破案。」阿Wing半開玩笑，半認真地回答。

何Sir「呵」一聲笑了出來，再白嘉薰醫生一眼，說道：「嘉薰醫生？靠邊站吧！沒有指紋，沒有DNA，還可以怎樣鑑證？無氈無扇，神仙難變，看他如何緝兇！」

「我們走着瞧吧。」嘉薰醫生沒有把何Sir的揶揄放在心上，案件愈具挑戰性，愈對他的胃口。

其實，那宗高空擲鏹水案，跟特工有關。

案發當日，下午三時，特工369追蹤「千面人」至西洋菜南街。千面人是職業殺手，一度被阿Wing和阿Ken捕獲（詳情見《千面殺機》）；後來他越押逃脫，給特工組織列為「全球十大通緝犯」之一。

那天下午，特工369打算上樓調查，不防兩瓶拿作通渠用的鏹水、突然從高處落下來，更摔到369身後；結果369遭鏹水嚴重灼傷，行動告吹，千面人仍舊下落不明。

究竟，那兩瓶從天而降的通渠水，是否巧合而已？

跟千面人有沒有關係？

阿Wing受命接手跟進……

3

路燈、車頭大燈、霓虹燈照亮了靜謐的皇后大道中。馬路兩旁商業大廈的捲閘，全數沉沉放下，似乎所有商業活動都停息了。

嘉薰醫生打個大呵欠，扭過頭去，避開從對面行車線照射過來眩目的燈光，渴想早點回家舒舒服服地來一個淋浴，然後上牀睡覺。

「眼瞓？」說完，阿Wing打個更大的呵欠。

眼瞓原來是會傳染的。

「還用說？要不是為了找她，我已在夢鄉裏。」

「我早已在夢鄉裏呢！不是為要當你的柴可夫……」阿Wing在紅燈前停車，趁機閉目養神，「對啦，你為什麼帶她光顧酒吧？自己不喝酒，卻把她灌得醉醺醺。」

「我在酒吧裏找到她。我沒灌她酒，她不過借酒澆愁。認出她時，她已有六、七分醉。」

「那麼，半夜三更，你為什麼急於找她？明天不成嗎？」

「我說過，麗文是傷者之一。轉燈啦，開車吧。」嘉薰醫生回頭見麗文仍酒醉未醒，思量片刻，道：「夜深了，她的傷口又潰爛滲血，送她到龍頭醫院是正經，讓她在病房休息一晚。她病情不急，待我明早再安排護士為她清理傷口、敷藥。況且她好像沒家人同住，我們兩個男人送她回家也不方便。」

「喔。」阿Wing不情不願地張開雙眼，機械式地踏下油門。

BMW徐徐開過十字路口。

車子拐彎，十字路口退到背後，嘉薰醫生在後視鏡裏，又瞥見麗文，想到人生途程也有許多交叉路，人與人在時空中相遇又相分，各自走往不同的方向，因而也有不同的境遇。像麗文，如果當天沒有遇上兇徒作案，她的人生也不該如此吧？

嘉薰醫生歎口氣説：「通渠水給扔下時，麗文剛巧站在你的特工同事身後。通渠水剛巧落到兩人中間時炸開，他們首當其衝——特工的頸背、肩背受傷，麗文則臉部、正面受創。」

「説起受傷，她的傷痕倒也特別，呈X形，真古怪。」

嘉薰醫生心想，這X形傷痕，倒像十字路口，記錄這一場可以扭轉人生的意外。「唉，説也巧合，她當時拿着一個風車，是榮記士多的老闆娘送給她的。十字形的風車葉片擋住部分飛濺的通渠水，就把她的臉灼成這個X形傷痕。」面上的傷口要愈合尚且不易，何況心靈的創傷？

「嗯，幹嗎説起什麼X傷痕？我問你為什麼急於找她！答非所問。」

「你明明説她的傷痕特別。」

「不錯，我説過她的傷痕特別；但這不是提問句，只是陳述句。我自説自話，你不必理會。」

「Okay，説回你的提問。我急於找她，是因為我發現她的口供有一個警方忽略了的疑點。」

拐個彎，阿Wing方向盤下的BMW向西環進發。

「什麼疑點？」

「案發地點就在她居住的大廈外面。她受傷留醫給警方的第一份口供，提及案發前，在樓下的榮記士多遇見鄰居黃伯，而黃伯身上有一種刺鼻的異味。」嘉薰醫生道。

「她是失明的，怎知那人是黃伯？」阿Wing沉吟道：「黃伯開聲跟她打招呼，她因而認得黃伯的聲音嗎？」

「不。根據口供，黃伯匆匆而過，並沒跟她説話。她憑黃伯的體味和步伐下判斷的。」

「失明人的聽覺、嗅覺真的那麼厲害？難以置信。」

「相信負責錄口供的警員也同樣覺得難以置信，尤其是麗文在出院後作的第二份口供，改稱不肯定那人是否黃伯。故此，警員便把她的口供紙擱在一旁。直至前天，我無意中讀到她的兩份口供，覺得她在推搪，所以想儘早找她問個明白。」

「推搪？何以見得？」

「聽說麗文的男朋友嫌棄她毀容，因而離開了她。麗文變得情緒低落，意志消沉，不願跟人說話。我認為，她不想警察問長問短，才推搪說不肯定。」

「既然如此，你更不應煩擾她。」

「不，所謂『眼盲心不盲』，失明人的感覺特別敏銳，他們運用餘下感官的能力，效果有時較我們開眼人更加準確。所以，她的第一份口供確說遇見黃伯，那人一定是黃伯沒錯；而黃伯身上的異味或許跟腐蝕性液體有關。」嘉薰醫生以專家口吻判斷。

「你乾脆叫何Sir查問那個黃伯，不是更直接嗎？」

「這還用你說？我已第一時間跟何Sir通電話；可是，警察找不到黃伯。前天傍晚何Sir申請了搜查令，破門入屋，發現人去樓空。警方及後查得，黃伯半年前遷進那幢大廈，跟街坊鄰舍的關係不錯；案發後第二天，黃伯便下落不明。」

千面人失蹤。

黃伯也失蹤。

特工369最後的線索，顯示千面人化身成一名老伯，於旺角出沒。

世事不會如此湊巧吧？嘉薰醫生的懷疑不無道理，阿Wing不敢反駁，默默駕着BMW，向龍頭醫院駛去。他瞄一眼後視鏡，心裏盤算，稍後如何查問麗文，又如何尋回黃伯。

一個老人家能跑到哪裏？

4

阿Wing和嘉薰醫生都不曉得，案發後的第二天，在警方封鎖的模擬現場，在二人背後不遠，有一個老伯……

當時，鑑證人員正忙於根據盛了顏色液體玻璃瓶的落點，推算擲物狂徒在何處拋下鏹水彈。「…… 正好在『天羅地網』的盲點位置。好狡猾的傢伙。」何Sir沮喪的話，卻叫黃伯聽得高興，連高級督察也在誇耀他呢！

後來，何Sir這高級督察又這樣説：「現在改善了天羅地網系統，又加強巡邏，看狂徒還敢不敢再挑戰警方。」側身，左手插進褲袋裏，頭微揚，瞬間又好像滿有信心。

嘉薰醫生與阿Wing對望，説：「扮酷嗎？拜託，我想吐。」

何Sir問：「我像他嗎？」

阿Wing皺眉，「你指盧海鵬？…… 林超榮？」

何Sir右手架上墨鏡，「不，像不像《無間道》的警司黃秋生？」

嘉薰醫生拍拍他的肚皮，「哈，先減肚腩再説吧。」

阿Wing也「呵呵」笑着，突然想起千面人來。論到扮演技術，何Sir和千面人相去太遠了，甚至黃秋生也瞠乎其後。

那時候，黃伯從人羣硬擠出來，慢慢離開西洋菜南街。背後，警方還在進行案情模擬，辦事極認真，但有助緝拿犯人嗎？黃伯微微冷笑，「鑑證人員丟下玻璃瓶的手勢和力度，不是太輕就是太用力，與一個專業作案的人比較，實在相差十萬八千里。

做案的人的心態，哪會這樣容易掌握？」

架着墨鏡的何Sir，躊躇滿志地望着嘉薰醫生和阿Wing；對黃伯來説，那簡直是睥睨藐視的目光，而那句「看狂徒還敢不敢再挑戰警方」就變成挑釁。「哼，」黃伯咕嚕：「竟敢挑戰我？」

黃伯離開西洋菜南街，如平日一般往公園走去，到達公園時，看看腕錶，剛巧七時半。

太陽早昇上地面，把人影拉得好長。

公園涼亭旁的平地已聚集了一羣長者，看去多人頭髮銀白，各人相距約兩米站着，整齊地呈長方形排開，目光向前。

「太極預備式。自然本體，氣沉丹田，排除雜念。」叫喊招式的來自太極班的老導師。老導師背着老學員，灰白的頭髮在腦後繞了半圈，像U形試管，把兩邊耳朵連起來。頭頂早禿光，如湖水光滑，在陽光下閃亮，頭髮是披上雪花的叢林，把湖三面圍住。

黃伯在學員行列當中，找到空位，站進去，跟大家一樣，雙手垂在兩側，腳尖向前，雙腿垂直展開至肩寬距離，腰直頸項也直，呼吸均匀緩慢。

排除雜念，平靜下來，掏空意識，這一招要好好學習，黃伯勉勵自己，氣沉於丹田，要沉住氣，不要老心情浮躁，憤世嫉俗。

清風掠過，幾聲雀鳥啾啾，「試管老伯」揚聲：「太極起勢！」

學員緩慢吸氣，雙手伸直，隨着氣息向上升起，當掌心攀至肩膀高度時，吸氣和雙手的動作都停下半秒。每次來到這裏，站在長者羣中練習的黃伯，都有一種滑稽的感覺——老人們真像一羣吸血殭屍！

「呼氣，雙手垂下。」試管老伯不徐不疾地吭聲，學員把肩、肘和手腕放鬆，雙手按下，回到腰間。

黃伯嘴角𠺢了一下，吸血鬼又變回凡人。

他想，這一年多以來，他也在人鬼之間來回；但何時是人，何時是鬼，他倒有點迷惑了。怎説呢？犯罪殺人的時候，他覺得自己是鬼，畏光又懼怕被擒；但又有一種莫名的興奮，一份很實在的快感，給他一種活着的感覺。

好變態！他禁不住暗罵自己。

「起勢，就是守我靜，以待人之動；集中精神於內，把一切寄託於自然。」試管老伯邊耍邊解釋，玄得沒人明白。

但那句「守我靜，以待人之動」，黃伯覺得很不錯，敵不動我不動，對他這副急性子來説，不容易學呀！

「雲手五次！」試管老伯吩咐，轉身面向學員，準備糾正學員的姿勢。

黃伯的雙手熟練地互相配合，在身前畫大圓，旋轉腰部，兩腳向左側有規律地移動，打着「騎馬步」。

「阿伯，第一次來嗎？打得不錯啊！」試管老伯經過，稱讚黃伯。

黃伯報以一笑，太極招式變化多端，博大精深，試管老伯有本事記得清楚，但認人的本事就差勁得很。黃伯想，教練你來這班快半年了，真懵懂！不過，黃伯心裹沒半點埋怨，反而高興。

他就是要當一個毫不顯眼的「阿伯」，大部分時間隱蔽家中。他容貌極平凡，眉不粗不幼眼不大不小頭髮不長不短唇不厚不薄，臉上滿佈風霜，皺紋處處，頂着一頭白髮，混在老人中間，誰也不會留意。

這副極平凡的樣子，過目即忘，有時甚至當他想到自己的模樣時，也無法在腦中拼湊出來。

沒法讓人記着的樣貌，沒人留意的殺機，正是殺手的優勢。

試管老伯説，雲手，就是「雲的手」，雙手要不停旋迴轉動，輕巧地配合身體運動，宛如玩弄在半空浮動的白雲，綿綿不絕，像花式體操裏柔軟耍球的健兒。

手掌在眼前和腰間，上下弧着大圓圈，在陽光映照下，手在眼前晃動又晃動。黃伯凝視着手指。看，這雙平滑的手，利落自如！心不禁躍動，欣賞起這十個指頭來。

他想起剛才警方的模擬行動，幾乎要捂着嘴笑。犯事者的心理，怎摸得清？不過近來連連發生的事，都叫他步步為營，有時人像給什麼卡着，做事不痛快，沒有什麼教他順眼，就如電視上警察和高官的臉孔，都叫他作嘔。司法制度？所有的執法人員都不是好東西，警察更是大笨蛋！

今天，陽光普照，他深深吸了一口氣，有一種雨過天青的舒然，鼻腔沁着一股清新氣息。想不到曾是癌症第三期的病人，感覺會如此良好。黃伯對着藍天，像挑戰什麼似的，暗地説，天，我終於贏了你！

是這雙靈巧、修長又平滑的手指，令他仿如重生。哼，特工、警察、鑑證人員，再不會是他的對手！他咯咯地笑，洋洋得意。

轉念間他又叫自己別胡思亂想，剛才不是要排除雜念，掏空意識嗎？每天早上耍太極，除了練武練功外，對黃伯來説，更是心理的鍛煉。常保持冷靜沉着，情緒穩定，不動聲息地移近獵物，是殺人必要的條件。

「白鶴亮翅——」又是試管老伯的叫嚷。

黃伯把重心移向右腳，左腿屈膝，左腳尖運至右腳前成虛步，提高身體挺直腰板，緩緩舉起右手，右掌心朝天，左手掌向左掃落。

黃伯喜歡「白鶴亮翅」，覺得氣勢十足，雙腿有虛有實，左右手立地頂天，叫攻擊者探不清底蘊，難以捉摸。

試管老伯走來，把他的右臂略為伸直，扭轉右掌心，留下一句：「留意掌心要向天。」

如果左手代表地獄、右手是天堂的話，他身處天堂和地獄之間；右掌心朝天的動作，他老做不好，幾乎每次都給修正。

黃伯心中暗忖：「這招式真不好學。」

「教練，謝謝指正。」黃伯這感謝語來得特別誠懇，因為這是他太極班最後的一課。

從今以後，黃伯會在世間消失。

2

千面人魔

旺角空投鏹水彈，嗜血人魔耍疊變，舞迷障……

1

踢嗒——

又有人進來。

麗文假裝熟睡下去。

這趟進來的，是醫生，還是護士？

乾爽而耐用的平價牀單、金屬牀欄、淡淡的漂白水氣味、金屬小推車的膠腳輪來回滾動——麗文睡醒不久就知道自己躺在醫院裏，雖然她倒願自己長睡不醒。

大約半個小時前，嘉薰醫生和護士來過，替她量度體溫、脈搏之類。她假裝熟睡，雖然頭很痛，想問護士要一顆Panadol，但又恐怕他們囉唆，最後還是決定不開口。

那個嘉薰醫生尤其難纏，麗文記得他在酒吧裏婆婆媽媽，不住勸她別喝太多。苦杯自斟，跟他何干？

剛進來的人「唰」地把窗簾打開，陽光就急不及待，躍進這數十平方呎的空間。

「高小姐，請別再裝睡。我知道你醒了過來。」

這人的聲音、腳步，非常陌生。他是誰？想做什麼？

「啪——」

這人把物件擎在牀頭櫃上，聽聲音、嗅氣味，似乎是厚厚的一疊紙張，多半是今天的報紙。麗文還是忍不住問：「是什麼東西？」她支起半身，慢慢坐起來。

「這是你給Tommy的錢，三十萬，不多不少。」

「你……」麗文一怔。聽見對方提起Tommy，一股怨氣自她心底冒起。

「我叫阿Wing，是嘉薰醫生的朋友，昨晚我幫忙把你送來這裏之後，花了二十分鐘，查明Tommy的落腳地址，以及你們之間的感情糾葛。」

阿Wing拉開椅子，坐下，滔滔不絕：「後來，再花二十分鐘，開車往那裏，將他從牀上扯下來，問他要回你借——給他做生意的三十萬。大概你不知道，他離開你，非因你的臉容受創，而是財到光棍手。其實，你的傷勢並不算嚴重，現今醫學昌明，什麼植皮呀、什麼美容漂白呀，醫生們總有辦法令你回復皮光肉滑。噢，你不用多謝我，行俠仗義，乃練武之人的本分……」

「誰要你多管閒事！」麗文突然發狠，一手把櫃上的錢撥走，花綠綠的鈔票散滿一地。

「你……」阿Wing一怔。

「我甘心情願受騙。如果錢能把他留在我身邊，我不希罕這些錢。從來沒有人待我好，人人都嫌棄我，嫌棄我盲，說我是個負累；就只有他，帶給我快樂……我曾經快樂過……嗚嗚……我曾經快樂過……」麗文回身伏在枕頭上痛哭。

「唉！哭吧，盡情哭吧。」阿Wing拍拍大腿，緩緩站起身。

當值護士過來察看，阿Wing搖手示意沒問題。護士淺淺一笑，退出病房，順手帶上房門，以免哭聲騷擾別的病人。護士知道，嘉薰醫生這個朋友行事有時顛三倒四，再過一會，或許連他也哭起來。

麗文的淚水如洪水決堤一般，一發不可收拾。

阿Wing歎口氣，蹲在地上，從椅下、從牀底、從櫃邊、從牆角，一張一張地把鈔票撿拾起來；一邊撿，一邊唸：

碧雲天，

黃葉地，

秋色連波，

波上寒煙翠。

山映斜陽天接水，

芳草無情，

更在斜陽外。

黯鄉魂，

追旅思，

夜夜除非，

好夢留人睡。

明月樓高休獨倚，

酒入愁腸，

化作相思淚。

麗文的痛哭漸漸變為哀哭，哀哭再變為飲泣。

三十萬鈔票，全是一千元紙幣，總共三百張。阿Wing拾起第二百九十九張，身後的哭聲終於止住了，阿Wing的腰有點發瘮。

「你下手重嗎？」麗文幽幽地問。

「我── 稍微用了一點力，不算重手。」阿Wing反手揉搓着後腰。

「他的傷勢……」

「沒大礙。只不過斷了兩根肋骨，甩掉一隻門牙，右邊臉頰一個星期才可消腫；至於左膝蓋則有一點點棘手，可是也沒什麼大不了，日後走路稍會一步高一步低，不過要留心才看得出來。當然，翻風落雨前夕會赤赤痛，這倒好，預測惡劣天氣快而準，較天文台更勝一籌。」

阿Wing撿起最後一張鈔票，把三十萬元整整齊齊地放回牀頭櫃上，「錢，你留着旁身。」

「辛苦你了。」麗文用手背擦擦臉上的淚水，在枕邊摸來黑眼鏡，戴上，咬咬牙關，語調倔強：「我跟你不相熟，不想欠你的恩惠，讓我替你做點事。」

「無需客氣。」

「我是認真的。坐下，除鞋，脱襪。」

「什麼？」

「快點！坐，除，脱。」

麗文的主意希奇古怪，阿Wing丈八金剛摸不着頭腦；但見她的態度堅決，再想，除鞋脱襪又無傷大雅，於是照辦，且看她搞什麼花樣。

「我的手袋呢？」麗文問。

「在牀頭櫃下格。」櫃門虛掩，阿Wing瞥見她手袋的一角。

麗文挨着牀沿彎腰摸來手袋，打開，取出一條毛巾，問：「你行了嗎？」

「行了。」

「腳？」

「左抑或右？」

「右。」

「在你身前兩吋。不過，我的腳汗多，可能有些微異味，嘻嘻，不好意思。」

「坐穩。」麗文捧起阿Wing的右腳，嫻熟地用毛巾墊着腳板。

「你想怎樣？」

「腳底按摩。我是專業按摩師，最擅長腳底按摩。」麗文的指頭準確地放在阿Wing的湧泉穴之上，「免費送你一次保健按摩。」説罷，使勁按壓下去。

「嗄？哎喲！痛…… 媽呀 —— 」阿Wing登時殺豬般大叫。

「腎虛。」麗文搖頭歎道。

「輕一點，哎呀 —— 」

「我弱質女流，何來力氣？痛則不通，通則不痛。你痛，全因經絡不通，健康出了問題，與我的指力強弱無關。」

「喔唷 —— 」阿Wing淚水直流。

「腸胃失調，偶有便祕。」

「喔喲 —— 」

「肝火太盛。」

「歇一歇，請你歇一歇，讓我回一回氣。我已痛入心肺，再給你這樣按摩下去，我會心律不調。」

「對，你的心、肺都有隱而未現的毛病。」麗文放開他的腳，「你積勞成疾，渾身傷患。好好的一個身體，何苦弄成這個模樣？」

阿Wing立即把腳抽回去，雪雪呼痛，扁着嘴巴道：「難得你明白這個道理。前事已過，舊情已逝，日後得好好保重身體，好好過活。別再胡亂喝酒，喝酒傷肝。」

麗文垂首沉默片刻，輕聲道：「謝謝你。」

「My pleasure。」阿Wing急急穿回鞋襪，「我可以問你一個問題嗎？」

「隨便。」

「你給警方的第二份口供，改稱在榮記士多門外遇見的人，不肯定是否黃伯。為什麼要更改供詞？」

麗文歪着頭，想了想，答道：「後來，我細心一想，的確不敢肯定。那人跟我擦身而過，明明是黃伯；可是，我走進士多，卻聽見士多老闆娘喚他『張先生』。」

「張先生……」阿Wing沉吟：「你肯定是同一個人？」

「是同一個人。所以，我才糊塗了。」

「假設那人的確是黃伯，你的眼睛……不方便，他也沒開口説話，你怎知他是黃伯？」

「人人身上都有不同的特徵，就以腳步為例，步韻、步重、步速、落腳時的着力點，以至鞋子的尺碼和質料，雖然看來細微，但各人有他獨特的行腳風格。此外，還有體味、氣息、身形、衣服料子等等，一一加起來，足夠我判斷面前的是個什麼人，即使他不作聲。」

麗文低着頭，鼻子像貓一樣機警地嗅着、聞着，耳朵前後微動，輕聲説：「嗯，從腳步特徵，我知道剛進來的是嘉薰醫生。他穿了一件新的醫生袍——我聽到長袍和衣褲間的摩擦聲，又聞到新鮮的消毒藥水氣味。」

「嗨，你兩個，淚痕滿面。阿Wing又吟誦那些傷春悲秋的詩句嗎？」嘉薰醫生笑問。

「當然不是，咳……」阿Wing乾咳一聲，「不是詩，是詞，宋詞。你讀洋書太多，肚子裏欠缺中國文化。」

「對，我要向你請益。」

「改天吧，我今天沒空。」阿Wing急步離開病房，「我趕着找何Sir去。」

「幹嗎？……」

「一起到榮記士多問老闆娘關於張先生的事……」阿Wing一溜煙似地跑掉。

嘉薰醫生深諳阿Wing的脾性，來去如風，説溜就溜，神龍見首不見尾，實在拿他沒辦法。

「高小姐，你的身體已沒大問題，我安排了護士給你傷口清理敷藥，之後就可以出院。」嘉薰醫生苦口婆心：「還有，你年紀輕輕，別多喝酒，傷肝的。一個女人深夜在蘭桂坊流連也不安全……」

在麗文耳中，嘉薰醫生好像蚊子嗡嗡作聲，叫人既煩悶又討厭。如果她還在牀上，就會拿毛毯把頭蓋住。然後嘉薰醫生又問：「頭痛嗎？要不要頭痛藥？」

「謝謝關心。」麗文從牀前拿來手袋，打開，掏出一根摺合式手杖來，仰頭問：「嗯，你那個朋友，阿Wing，是什麼人？」

「你如果問他，他的答案會是攝影師。所以，我也稱他是攝影師。」

「我相信，他不簡單。他跟警察不一樣，他的辦案手法較靈活，也更有效率。他為人富正義感，又有文采……」

「要非緊急服務救護車送你回家嗎？醫院可以安排。」嘉薰醫生突兀地把話題扯開。

「不必了，我有錢。」麗文用摺杖鉸敲了牀頭櫃一下，「讓直升機送我回家也付得起，如果有這種服務的話。」

「財不可以露眼。」

「有心。」

「Okay，再見了。記緊下個月回來眼科覆診。如果有需要，我可以給你轉介外科整形專家，處理臉上的傷痕。」

「無需多此一舉。」

「嗄？」

「疤痕，我不在乎，反正我看不見自己，美與醜都沒關係。你口中我這個X形疤痕，就當作重過新生的記念吧。」麗文頓了一頓，點頭道：「阿Wing說得對，我應該好好活下去。」

又是阿Wing。昨晚自己在酒吧裏不是好話說盡麼？她始終不上心；今早阿Wing跟她哭哭談談，她卻照單全收。嘉薰醫生雙手插進衣袋，聳聳肩，究竟阿Wing有什麼魅力？會不會跟詩詞有關？中國文化確是深不可測，嘉薰醫生決定閒來多讀唐詩宋詞。

2

他叫張偉民。

他很喜歡「張偉民」這個名字，因為普通不過。全港十八區，各區都找到同名同姓的人。

不過，他更喜歡人家稱他「張先生」，在旺角街頭隨意喊一聲「張先生」，隨時有十個、八個路人回頭應你。

他住在旺角的一幢唐樓，五樓。他愈來愈喜歡這個窩，這幢舊樓，俗稱「三無」——沒有閉路電視、沒有大門閘，也沒有保安員；出入不會有人監視，算得上來去無蹤，是理想的隱身之所。

他坐在窗前的搖椅上，拿着一杯生力啤，遙望馬路對面黃伯的住宅單位；有時他也會在黃伯的單位，遙望身處的住所。自從有人扔下鏹水彈，這個星期以來，他更留意黃伯家的情況。三天前傍晚時分警察破門入屋，後來，還進駐了多名鑑證科人員，到處蒐證。

鑑證科人員在屋內搜查了兩天，帶走了幾箱物品。張偉民看看腕錶，早上十一點多，時間尚早，鑑證人員或許晚一點才到，對面的單位暗沉沉的，了無生氣。

他站起來，移步窗前，靠着窗櫺，觀察旺角街頭的行人。午飯時間沒到，有些商店仍未開門，剛啟市營業的，也顯得懶洋洋，提不起勁來。馬路還未出現車龍，送貨的貨車倒多；人行道上有去買菜或買菜回來的家庭主婦，做了晨運、喝過早茶，正在歸家的長者，也有三三兩兩上學的學生，或匆匆而過的OL、路人。嗯，沒有異樣，沒有可疑人物，他安心地「咕嚕」一聲，喝下一口冰涼的啤酒。

原來鏹水不單可以清除渠道的污物，還可去掉跟蹤他的特工。特工就像溝渠裏的污物，惹人厭惡，得除之而後快。張偉民微微掀動嘴角，抑不住笑意，食指不自覺地輕搔唇下黑痣的癢。

這一兩年間，張偉民經手好幾宗大交易，他瑞士銀行的戶口結餘一度倍增。當然，收人錢財，就得替人消災；他叫好些人送了命，包括富翁、律師、女祕書，還有特工和不相干的路人甲

乙丙丁……

心狠手辣，殺人不眨眼。

肩膀有點痠，為了舒緩一下，就在屋內耍了幾招太極拳的「野馬分鬃」和「玉女穿梭」，盤腿出掌間，腦海泛起那宗富商的滅門案——

他記憶猶新，當時天將破曉……

四周還是漆黑一片，只有那座別墅的前花園，泛着黃光，像是一塊金磚，誘惑張偉民去攫奪。

跟電影裏的殺手不一樣，他從不架上太陽眼鏡，如果樣貌平凡不過，多了一副墨鏡，只徒然叫人留意自己，或者更甚，無端生疑。

他步向富商的大宅閘門，爽利地戴上手套。

但他馬上意識不妥，怎麼多此一舉？手套管什麼用？況且戴了手套辦事，像戴上口罩一樣，侷促得很，絕不痛快！他把手套脫下，施展壁虎功，爬上牆壁，再來一式「鯉躍龍門」，翻過拱門頂，躍進花園。

先是警衛A發現閉路電視有異，又見一個不速之客闖進花園，就馬上通報並飛奔而出，和警衛B、C二人「品」字形地封住闖客的去路。

張偉民閉目，手臂伸直像吸血殭屍，擺個太極的「起勢」。

警衛A走近，正要叱喊「你幹什麼？」「你——」字還在喉間，下一秒，他已和另外兩個警衛品字形地，仆倒在張偉民腳下。只見張偉民雙臂交叉成十字，放於胸前，緩緩地把手按下，垂放兩側，完成太極拳的「收勢」。

從「起勢」到「收勢」，動作快速，像穿梭機來回——

張偉民閉目，聽見三人奔至，就提手上勢，含胸拔背，雙手合勁，蓄我勢，待敵變化。

警衛A口一張，還沒有吐出半個「你——」字，張偉民就迅雷不及掩耳，右弓步，雙拳由下而上揮出，向外大畫弧圓，一招

「雙峰貫耳」打在對方頭上，力度彷彿貫通雙耳，警衛A即時昏迷倒下。

警衛B和C見來者不善，毫不怠慢，一起衝前對付。張偉民連忙使出「野馬分鬃」，雙手往左右一撥，左方的警衛B失腳向後仰倒，在右的警衛C則仆前倒地。警衛B勉力爬起，正想抽出警棍揮下，張偉民一記「玉女穿梭」，左腳斜踏偏鋒，左手同時撇出，卸去警棍之力，右掌一印，對方的胸膛一陣劇痛，暈眩仆倒。

這時，張偉民背後暗起冷風，意識警衛C來襲，遂把腳尖向外伸移，彎腰，右弓步踏出，左掌推出，擊中警衛C下懷。連番左右穿梭，雙手雙腿配合巧妙迅速，比織布機更快，警衛C還弄不清張偉民下腳和掌風的去向，已不省人事。

張偉民打發了三名警衛，轉頭看見一名老看更瑟縮在護衛亭一角，像一隻渾身顫慄的小雞。張偉民慢慢從衣袋拿出一柄手槍，再在槍管旋上滅聲器……

兩分鐘過後，大宅的門鈴響起。

「這麼早，有什麼事嗎？」富商的老傭人睡眼惺忪，邊開門邊問。

「快開門，外面有人昏倒！」穿上警衛制服的張偉民，神色慌張。

老傭人見是警衛，把門的防盜鏈除下，打開大門。

一柄手槍對準老傭人眉心……

之後，富商的大宅失火。三小時過後，消防員發現富商全身燒焦，和妻子兒女倒斃在睡房裏。……

本來計劃順利進行，卻驚動了一名外號「大力」的特工。

張偉民給大力盯得很緊，雖然明知特工組織不好惹，但迫於無奈，他用計引大力登上那尾班西鐵列車。當列車駛進天水圍站，他提起VZ61蠍式衝鋒槍，瞄準大力，連同車廂內那幾個乘客，一併幹掉（詳情請閱《千面殺機》）。

「砰！砰！砰——」

那一刻，他真正清楚自己是個殺手，一個不折不扣的專業殺手，狠、準、快、冷，乾淨利落，沒有商量餘地。

張偉民再喝一大口，把剩餘的半杯啤酒，澆奠腳前，冷冷地說：「血債，我欠你們。」

斜望街頭，兩人剛走進榮記士多，張偉民認得其中一人是特工，另一個是便衣警察。

3

榮記士多門口。

「請問——」

「你兩位要什麼？汽水、果汁、奶茶，抑或牛奶？」一個五十多歲的女人，手上拿着一件貨品，迎着問。

「請問老闆娘在嗎？」

「我是。」

「你好。我是旺角警區高級督察何永賢。」何Sir向老闆娘展示證件。

「�π，剛開舖⋯⋯就有差佬摸上門⋯⋯大吉利是！」老闆娘心裏嘮叨，把貨品放下，抹過手，揚聲：「噢，阿蛇，有何貴幹？」

「上星期那宗高空擲物……」

「高空擲物？哪一宗呀？又磚頭，又玻璃樽，又通渠水。」

何Sir擺出說明：「我指的是，上星期9月11日連扔兩瓶通渠水那宗案件。」

「不是有『藍帽子』做過問卷調查啦!? 我做士多生意，全家都是一等良民，你們不要好人當賊扮……」

「放心，我們知道你是良好公民。這趟只向你求證一事。」

「真煩，什麼事？」

「當日，那兩瓶通渠水擲下之前，即下午三時左右，你曾看見什麼特別的人？」

「那麼久，我記不起來了。」

「勞煩你想一想，你提供的資料，對破案甚為重要。你也希望我們早日拘捕那狂徒吧。」

「當然囉！這個喪心病狂，弄致人心惶惶。現在我們出入都縮入騎樓底，過馬路也要急急腳。看，連這個士多門外也要加搭簷篷，生意少了很多……」

「就是了！你快想想當天這裏有什麼特別的人出入。」何Sir耐着性子，引導老闆娘回到正題。

「那天下午……三時？……我在這裏一邊看舖，一邊聽收音機，電台的『粵曲會知音』播蓋鳴暉、吳美英合唱的〈牡丹亭驚夢〉……住在樓上的盲女進來買東西……她買了什麼？唔……唉，真是老人癡呆，我記不起來；對，我送了一個風車給她……這樣看來，她該買了不少……我記起了，咦！她剛要進來，就在門口幾乎撞倒一個人，那人走得很急，我還大叫小心！……」

「你記得那人是誰嗎？」何Sir追問。

「你別老打斷人家，思路斷了，我就想不起來。……唔，好像是個熟人……呀，盲女的手杖幾乎掃中那人……但那人一側身縮腳再整個人跳起，像這樣……唉，我做不來，總之像輕功一樣避開了手杖，急急跑到樓上。……他是誰呢？……呀，我見那人幾乎給手杖絆倒，便叫他小心…… 他是張先生！」

「不是黃伯？」

「不是。」

「你沒記錯？」何Sir再問。

「嗯，黃伯七老八十，張先生挺多四十，一老一壯，我怎會弄錯！」

「當時只有張先生一人？」

「對。」

「張先生叫什麼名字？」

「不清楚。他是黃伯的朋友，時不時過來，在這裏買兩樽啤酒探望黃伯。」

「啊，他不住在這裏。」

「他住在馬路對面那幢大廈。」老闆娘走到街外，舉手指向一個住宅單位：「有次我見張先生在五樓那個窗口，探出頭來。」

「當時，張先生手裏有沒有拿着什麼？」

「唔，他好像拎着一個百佳膠袋，裏面乒乒響的，看來又是啤酒……」

一直站在何Sir身旁不時四下張望的阿Wing，立刻轉身，朝對面唐樓跑去。

「謝謝。」何Sir向士多老闆娘謝過，轉身緊隨着阿Wing，又往他背後喊去：「要緊急支援嗎？」

4

張偉民見老闆娘向自己的住所指指點點，立即退回屋內，把喝過的酒杯隨手放進泡浸着一堆髒碟子的洗滌槽，然後拉開壁櫃門，取出背包，把數碼照相機、電子手帳，和別的需用品統統塞進去，再扣上拉鏈，揹起背包……

他還記得，那晚——

那晚，他殺掉大力之後，揹着同一款的背包，回到市區，走在旺角僻靜的暗街巷尾，心還怦怦跳動。好險啊！他下手時，大力的反應挺快，一察覺不妥，馬上拔槍…… 當然還是張偉民搶先開火，對方的身體給他射成一個蜂窩。

大開殺戒，張偉民感到莫名的刺激、興奮。

後巷的空氣混着尿的羶味，但那血腥的氣味更撩人。不禁聞聞手心。嗯，剛洗過的雙手仍殘留着鐵鏽般的腥味呢！他笑了一笑。

長街盡頭，站着三名巡邏警察。

每次遇上警察，無論距離有多遠，張偉民總會提高警覺，作出戒備，看自己有沒有破綻給逮住。這晚他暗自慶幸早把蠍式衝鋒槍扔進天水圍站的防洪渠裏；但現在身上的大衣，難免留下了近距離擊殺濺來的血迹，恐怕逃不過執法者的眼。

他不慌不忙地把外衣脱下，丟進身旁的垃圾桶。

他搓搓手，神態自若，兩手按住路邊的欄杆，輕鬆一躍就翻過去，再急步橫越馬路，正要往警察的反方向走去。

「先生！站住！」背後傳來叱喝聲。張偉民料不到遠處那三名警察，竟向他走過來。

「先生，身分證！」警察A伸手，問：「半夜兩點，你在這裏做什麼？」

「阿Sir，兩點鐘行街犯法嗎？」他理直氣壯。如果身上還有槍，恐怕他會按捺不住，閃身把槍拔出，扣扳機，朝着三人掃過去——砰！砰！砰！

他從衣袋裏掏出身分證，交給警察。

「叫什麼名字？」

「張偉民。」

警察A核對身分證，警察B衝着張偉民喝道：「站好！軟皮蛇一樣，嗑了藥嗎？」

「阿Sir，別冤枉好人。我可以投訴你！」他有恃無恐。

「身分證號碼？」警察C質問。

「H012345，括弧6。」

「住在哪裏？為什麼走後巷？」警察C咄咄逼人。

「我住益多大廈，在前面。」張偉民指着前方一幢舊樓，兇巴巴地說：「這是捷徑。這巷是納稅人的，我有份。」

警察A向步話機報告了身分證資料，步話機另一邊卻傳來「沙沙」的響聲，吵得他聽不清楚對方的回應。警察A慢條斯理地把身分證遞回去，接着要求搜身。張偉民合作地舉起雙手，兩腿叉開。那警察隨便拍拍張偉民的衣袋和褲袋，沒發現什麼，便跟同僚打個眼色，逕自走開了。

張偉民在他們背後，打了個猥褻的手勢，這個回合他險勝，實在不無驕傲自豪。他笑了，笑容有點詭異。

5

昏暗邋遢的走廊天花，垂掛着兩根半壞的光管，忽明忽暗。陣陣垃圾的酸臭味，經後樓梯虛掩的防煙門飄進走廊。

「還未申請搜查令——」何Sir靠在門的左側，拔出手槍。

「特工破門，無需搜查令。」阿Wing自門的另一邊一躍而出，看一眼木門，說：「就由我動手吧。」

「我一直等你這句話。」

阿Wing白他一眼，提腿直踹木門，木門應聲彈開。

何Sir奔前舉槍，指向屋內。阿Wing一個箭步閃進客廳，掃視左右，不見有人。何Sir在後緊隨，小心搜查睡房，在房內喊出來：「沒人。」

阿Wing往廁所、廚房繞了一圈，也喊道：「目標人物不在家。」

「嘩！假髮、假眼、假鼻、假牙、假鬚、假耳、假唇，不同尺寸、顏色，易容道具式樣俱全。那姓張的，難道是個特技化裝師？」何Sir已判定住在這裏的人，形迹可疑，遂電召總部派人協助調查。

阿Wing心裏有數，除了千面人，誰會有這麼多道具？特工369不是白白受傷的。他和何Sir終於找對了地方，只可惜千面人不在，是湊巧外出，還是聞風先遁？然而，千面人詭計多端，可能躲在附近，出其不意就撲出來亂槍掃射，實在不由得阿

Wing不戒備。

驀地，門外人影晃動。

「往哪裏跑？」阿Wing大吼一聲，飛出大門，把那人擒住，揪回屋內。

看時，這是一個其貌不揚、衣履平凡的漢子…… 外貌愈普通，愈容易混入旺角的人流，消失於鬧市之中。

「警察 —— 站住！」何Sir從睡房搶身而出，用槍管指着那漢子。

「你們…… 打劫…… 救命！」

「住口！千面人，你還裝蒜！」阿Wing把那人按在地上，用膝蓋壓住他的背，左手拉他的鼻子，右手扭他的耳朵，「待我扯下你的假鼻、假耳，就不容你抵賴。」

「哎喲！好痛！」

「黏得這麼牢，你用什麼牌子的膠水？」阿Wing使勁再拉再扯。

「放過…… 我…… 救命啊！……」那人痛得死去活來。

「阿Wing，且住手。」何Sir上前扳住阿Wing的手臂，「我看…… 他的眼耳口鼻似乎是真的。」

阿Wing有點猶豫，好，姑且暫時罷手，但仍把那人按在地上，以防他突然反擊。

何Sir蹲在那人跟前，道：「我來問你，你叫什麼名字？在這裏幹什麼？」

「我叫阿超，送外賣到B室。」

何Sir和阿Wing聞言，不約而同回頭一看，門外的確有幾個打翻了的外賣盒飯。

兩人互望一眼，心領神會，糟糕！弄錯了！

此時，外面走廊傳來密集的腳步聲，增援的警察趕到。阿Wing自知錯怪阿超，於是扶他起來，又掏出一張五百元鈔票，悄悄交給他，抱歉地道：「這些錢，賠償你的盒飯；剩下的，你拿去…… 買件禮物…… 給自己。」

「你帶兩個同僚陪這人回去他工作的食店，」何Sir向最早趕來的警察説：「肯定他是送外賣的。」

「Yes，Sir。」

阿超驚魂甫定，卻又見大隊警察殺到，不知是吉是凶，握着錢的手在發抖，任由何Sir擺佈，失魂落魄地隨三名警察下樓。

何Sir轉身拍拍阿Wing的肩，道：「放鬆。」

「不能鬆懈，你不了解千面人多狡猾、多狠辣。」阿Wing想起富豪遭滅門、西鐵車廂大屠殺。

警察陸續到來，駐守住宅單位。

6

樓下傳來破門巨響，再看街上，警察從四方八面湧至，張偉民料到五樓的巢穴已給警方發現。

不，在六樓，他的身分不是張偉民，他叫「李志強」。

他撕掉唇下的黑痣。

狡兔三窟，他在西洋菜南街兩邊共有三個巢穴，以三個不同的身分入住：黃伯、張偉民、李志強。以他的經驗，他當然有門路為自己的不同身分預備相關證件。

他喜歡這裏，因為穿過窗戶，可以看見對面黃伯的住宅，在六樓坐得納悶，便到五樓走走。

然而身分混亂，尤其在這幢大廈裏，偶爾夜半醒來，他還要想一想，才可以肯定自己是張偉民還是李志強。

三個巢穴，兩個被搗。

「可惡！」李志強掄起右拳，往桌面一下猛捶下去，卻觸痛右肩。

最近右肩隱隱作痛，他的靈活度也大不如前。

那是槍傷引致的舊患，當日就是中了那一槍，他才錯失殺死阿Wing的機會，也因此失手被擒。據説，開槍射他的胖子特工，本來瞄準他的頭，可是眼界差，射歪了，誤中他的右肩。不知是幸還是不幸？

右肩疼痛像在警告他，上得山多終遇虎，一切小心為上。最近李志強為業務接頭，審慎多了，沒有把握的，不作考慮。他愈來愈認同這些説法：殺人的酬勞，是陰間來的冥鏹；殺生多了會折壽。再者，警方正懸紅通緝他，風聲很緊，他不想有任何差池。

除了警察，還有特工。

不作案，沒收入，加上最近幾回豪賭失手，坐食山崩，瑞士銀行的戶口結餘，日漸減少。作案，則暴露行藏，特工分析犯案手法獨到，料已懷疑那案是他所為。

李志強可説腹背受敵。

他感覺自己像隻老鼠，到處都是陷阱，一不留神就會萬劫不復。即使早上化身黃伯到公園耍太極拳，也教他忐忑不安。這種偷偷摸摸的生活，令他很煩厭，太不過癮了。

他鬱悶得很，以前風光、刺激的行動，隨着時間過去，畢竟離他有點遠了。

可以再炮製一件更有趣的事嗎？少年時，每逢給酗酒的父親虐打，或鄰居欺凌，他就恨不得報復。他的腦海 ，經常浮現惡毒的念頭，裏面像寄住了一隻魔鬼，不時提點他有趣卻恐怖的主意，不過他也着實地享受一種莫名的快感。

當下，他又躍躍想反鎖鄰居的大門，從門隙倒汽油進去，放一把火，又來一次滅門屠殺。當然，這不過是想想而已，他收錢殺人；沒錢，不會浪費彈藥。

兩星期前的一個電視節目，撩動了這內心的魔鬼。

那天，電視響起「登登——登登登——登」「香港電台」節目前奏的調子，接着是《警訊》的主題曲。李志強最厭惡這類政府部門製作的節目，裏面的警察和主持人西裝筆挺，樣子正經八百，報道罪案時神氣十足，不可一世，他總看不順眼。

正要把電視關上，瞥眼看見一則案件重演，屏幕是熟悉的西洋菜南街的馬路，一名警察在鏡頭前呼籲：「2009年8月26日星期三約下午三時及8月28日星期五早上十一時左右，這裏發生了兩宗高空擲物的嚴重罪行。兩個玻璃花瓶和一塊磚，分別從高處擲下，磚塊更砸破一名行人的頭，共釀成一死六傷。警方非常重視這兩宗案件，正積極調查，而警務署長亦親自到場了解情況。當時相信有不少途人經過，目擊案件發生。警方特此呼籲，如有人在2009年8月26日星期三約下午三時及8月28

日星期五早上十一時左右，路經西洋菜南街和弼街交界，目擊案件發生，或有任何關於此案的消息，請與警方聯絡，協助破案，電話 76543210。」

那天，李志強坐在電視機前，專注收看，屏幕裏大羣警察張開封鎖線，嚴陣以待；警務署長神色凝重，皺着眉，舉頭仰望一幢幢大廈，鏡頭下盡是一排排的窗口……那心魔魍魎又在試探，引他入迷。

那個扔下磚塊的，把他比下去了。人家殺人沒錢進賬，卻比他更變態、更瘋狂。再者，人家用的是不起眼、不值錢的磚塊，無須動刀動槍，比他更懂「殺人藝術」。

的確，這兩宗高空擲物，給他很大的啟發。

這時李志強回想，一星期前，9月 11日，下午三時左右，他慣常地坐在窗前，監察四周環境。在樓下熙來攘往的旺角街

頭，他從人羣中把那名跟蹤了他幾天的特工認出來。

對方追蹤至黃伯的樓下，向攤檔、商店打聽黃伯的下落。李志強的心一沉，絕不能讓他上樓調查，因為黃伯的住宅單位還未「清場」，特工若蒐得線索太多，他便更難找到藏身之所。

正當李志強躊躇如何在鬧市幹掉特工，腦海即時浮現那則磚塊殺人的新聞。何不借鑑那個狂徒所為？他想。

他從抽屜取出一顆道具黑痣，貼在唇下，跑進廚房，拉開廚櫃，取了兩瓶通渠水，用百佳膠袋挽着，飛奔下樓，向對面的唐樓走去。一不做，二不休，乾脆由磚塊、玻璃花瓶「升呢」至鏹水彈，而且一下手就是兩瓶，好製造更大的殺傷和混亂。

為求脱身，不惜傷及無辜，乃千面人的一貫作風。

結果，灼傷了那特工和路人，其中一個是在榮記士多門前幾乎用手杖把他絆倒的盲女街坊。

三天前，李志強舉起望遠鏡，「欣賞」警察撞開黃伯的大門，一如所料，他們毫無發現，縱然通渠水瓶自黃伯的單位投下，線索卻早在警方到達前給他毀掉。

先下手為強，就算當下回憶，李志強仍覺興奮。一再勝過特工、警察，足以證明他才是真正的強者。

此時，街外來了四個鑑證人員，各人携同器材匆匆上樓，不用多猜想，該正往張偉民的單位蒐證。李志強靠在臨街的窗邊，暗自慶幸及時逃脱；但只嫌匆忙，恐怕有罪證遺下。雖然不多，但他也不想落在警方手裏。

李志強踱回睡房去，坐在電腦前，略讀了幾篇網上即時新聞，都圖文並茂，談鏹水彈案的最新發展。李志強瀏覽了好幾篇，最喜歡的照片，是途人為那特工灑礦泉水的特寫，特工的背部嚴重灼傷。看着他痛得死去活來的表情，李志強不屑地一笑，道：「活該！誰叫你在太歲頭上動土！」

至於新聞的標題，他最喜歡9月11日這則：

2009-09-11 ◂回到即日

➤重點新聞

天羅地網無能廢柴
掟物狂徒剃警眼眉

2009年09月11日(03:45pm)

★★★★★(未有評分) 瀏覽人次：256 Facebook Twitter 轉寄朋友

【方向日報專訊】旺角西洋菜南街行人專用區，繼兩星期前掟玻璃花瓶和磚頭後，又發生「鏹水彈」事件。下午三時左右，喪心病狂的擲物狂徒，竟在光天化日下，將兩個容量各500毫升、盛載通渠水的玻璃樽，從高處掟落行人專用區。

當時正值繁忙時間，旺角街頭人頭湧湧，兩個共一公升容量、盛滿通渠鏹水的玻璃樽從天而降，落地後爆裂，腐蝕液體向四周飛濺，途人驚呼狂叫，倉皇狂奔走避，現場一片混亂，慘叫聲、求救聲和嚎哭聲此起彼落。警員和消防員趕至拯救，多輛救護車先後將七十名男女傷者送往中華醫院及女皇醫院治理。他們年齡介乎四歲至五十歲，全部被灼傷或被玻璃割傷，其中一人頭部受創，皮膚六成灼傷，情況嚴重。最新消息指，五十八名傷者經敷藥後出院，其餘須入院觀察診治。

事發時附近有警車停泊，亦有警員巡邏。大批警員及救援人員接報後迅速趕至現場，封鎖西洋菜南街，以便救人及緝兇。西九龍總區及反黑組探員總動員，過百名警員登上附近幾幢大廈，逐層搜查，替所有大廈住戶登記及進行問卷調查，暫無發現。

由於擲物狂徒再現，警方發言人旺角警區高級督察（行動）何永賢表示，政府對罪行極度關注，已取走閉路電視片段及「天羅地網」錄像研究，聲言「不惜一切」緝捕狂徒。狂徒在重重警網下仍有機可乘，何永賢承認「天羅地網」攝錄監察系統存有盲點，會嚴肅處理跟進。

旺角西洋菜南街接二連三發生高空擲物，至少造成七十多人受傷，三人危殆，一人死亡，未知各事件是否有關，亦未知罪行是否涉及多人。警方現懸紅一百萬緝兇，給提供資料人士，舉報電話：76543210。

「天羅地網無能廢柴，掟物狂徒剃警眼眉」，把自己的本領形容得再貼切不過。他就是要挑戰天羅地網，叫警方窘態百出。哈，「掟物狂徒」、「喪心病狂」，管這些形容詞是褒我、還是貶我，我已成了名人。

網上留言，幾乎所有人都在咒罵他，只有一人表示狂徒暴露了警方的弱點，是英雄；但立即惹來網民羣起而攻之，斥他言論太不負責任、心理變態……

有趣，有意思！李志強把《方向日報》的報道放大，列印出來，貼在牆上。

他雙手抱住後腦勺，仰靠坐在椅子裏，望着天花板，回味投下通渠水的情境，還是興奮激動不已——

他從黃伯客廳臨街的窗戶擲下瓶子，旋即閃入睡房，推開一扇窗往下看，除了那個該死的特工中招，相信還有多人受傷。地面的行人驚慌失措，尖聲高叫、咒罵、爭相躲避。有的竄入便利店和服裝店；有的跑到馬路對面，扭頭彎腰在檢查身上的傷勢；又有人猛用瓶裝水沖洗臉面、手臂，狼狽不堪；更有人露出紅腫剝落的皮膚，劇痛非常…… 遠處救護車、增援的警車響着警報器趕來，人聲更吵鬧喧嚷，哭號更淒厲……

我好勇！瘋狂痛快！李志強心裏大叫，狂喜。

街上的人都向上望，或指指點點，或破口大罵，千夫的指頭都像指向他。警察一個接一個鑽進附近大廈搜查，也有在出入口留守，像貓守在老鼠洞穴前一樣。

李志強大搖大擺地離開黃伯的住所，一路經過傷者、警察、救護員旁邊，強抑着興奮的心情；回到自己的「家」，打開電視看特別新聞報道，好一場貓捉老鼠的遊戲！看着看着，警察彷彿都變成倉鼠，在籠裏無措地亂竄亂撞，自己反而成了一頭貓。

「哈哈，笨蛋，以為自己好醒！怎會上那幢樓偵查？蠢貨！鈍胎！」他邊看邊大叫。

他如注射了興奮劑，快感源自挑戰權威。

警方始終沒多巡查李志強的大廈，他自鳴得意。那門回力鏹水彈高空拋擲的技巧，果真出神入化，成功地轉移了警方調查的方向。他不該感到自傲嗎？

警察搜查過黃伯的單位以後，風聲變得更緊，街上的巡警明顯比前增加，街口長停泊了一輛衝鋒車；還有藍帽子分成小隊，在周圍幾幢大廈的天台，作高空監視。

好幾天，李志強都沒有出門，呆在五、六樓的家中，外面的消息，就全靠一扇窗、電視和一台電腦。他不時搜尋與鏹水彈相關的新聞；但電視和網絡的報道，都一味是高官痛斥擲物狂徒，調查進展欠奉。他感覺自己如受困小洞的老鼠，被動又侷促，一切給蒙在鼓裏，摒棄在遊戲之外——落在這種狀態，他真受不了。

現在，連張偉民的單位也曝光。他彷彿節節敗退，愈想心裏就愈不忿，該做點事了。

他關掉瀏覽軟件，回身拿起茶几上的數碼照相機，把SD Card抽出，接上Card Reader，插進電腦的USB內。照片檔自動下載，不久，一大堆照片從屏幕竄出。這星期以來，他不時拿着長鏡頭，躲在窗簾後面，偷拍街上的警察和特工。從芸芸人像圖片中，他挑中二人——阿Wing和嘉薰醫生。

阿Wing是老相識，嘉薰醫生是新對手。不過，不管新的、舊的，都是李志強的眼中釘。他把兩人的照片分門別類，正面照、側面照、全身照、五官大特寫……

他把照片放大，再放大，細察阿Wing和嘉薰醫生的容貌。

至此，李志強的臉，又浮現魔鬼的微笑。

3

夢幻衝擊

夢幻組合窩裏反？阿Wing竟直刺嘉薰醫生腦門！

1

閣閣——

「請進。」嘉薰醫生正在辦公室等着何Sir的電話。他放下文件，抬頭看是誰進來。

門打開，阿Wing一身風衣、T恤、球鞋、牛仔褲，站在門外。

「咦？阿Wing……」嘉薰醫生感到詫異，問：「你上午不是找何Sir辦事嗎？沒想過你這麼快折返醫院，還換了衣服。」

「我跟何Sir到旺角走了一趟，之後，回家洗個澡，換件衣服。」阿Wing踱進嘉薰醫生的辦公室，雙目游移不定。

「你不舒服嗎？聲沙沙的。」嘉薰醫生留意到阿Wing的聲音有點沙啞。

「先前喉嚨痕癢，今早咳了幾聲，就變成這副『豆沙喉』。大概昨晚熬夜，虛火上升，待會要喝一碗二十四味降火。」

「喔，保重呀。」嘉薰醫生笑了笑，「又是和何Sir調查鏹水彈案？」

「嗯哼。」

「無功而還？」

「又給你猜中。你怎知道？」嘉薰醫生正審閱文件，阿Wing挨近桌前來。

「若有新發現，何Sir一定會給我電話，諒你也沒時間回家洗澡。」阿Wing好奇，瞄瞄桌上的文件，嘉薰醫生就掩上文件夾，「別諸事，病人私隱。嗯，你找我有事？」

「對。咳咳……」

「喉嚨不舒服，要喝一點什麼？我們邊喝邊談。」

「唔，凍咖啡吧。」

「不喝奶？」嘉薰醫生拿起電話，按內線鍵，道：「Jenny，勞煩你替我買一杯凍咖啡，多奶、少糖，和一杯凍檸茶。」

「那宗鏹水案，你這邊有什麼進展？」阿Wing移步窗前，用食指撥弄百葉窗簾。

「初步檢驗，證物上面沒有指紋。那狂徒犯案時非常小心，看來有點棘手。」嘉薰醫生把話筒放回機座上，「連DNA和衣物纖維也欠奉。唉！這回給何Sir說中，無氈無扇，神仙難變，難怪鑑證科遲遲交不出報告。看來，報告有用的資料不多。」

「也不要緊。」阿Wing出奇地泰然，安慰道：「我相信，只要努力偵查下去，一定會有結果的。不過，直到目前，仍無法證實多案是一人所為。也就是說，我們面對的，可能是copycat，而不是連環傷人犯。」

「哈，阿Wing，這點我不如你肯定。」嘉薰醫生反駁道：「雖然證據還不足以證實連串擲物是一人所為，但犯罪手法這麼相似，出自一人的機會甚大。」

阿Wing無意討論下去，改口問：「可有疑犯的心理描繪？」

「心理描繪嘛…… 在這 ……」嘉薰醫生從案頭抽出一個文件夾，掀開，朗讀：「相信兇徒年約三十至四十，男性，中等身材，思想縝密，組織力強，智商高，反社會，獨居，無業。」

嘉薰醫生聳聳肩，不置可否。人心難測，從犯罪行為來推敲犯人的特徵，勾勒一個粗略的輪廓，只能當在毫無頭緒下作資料提供而已。如果拿來作呈堂證供檢控疑兇，則爭議極大。

「描繪的特徵，我幾乎全中！信不過！哈哈……」阿Wing捧腹大笑。

鈴——鈴鈴——

電話響起。

嘉薰醫生瞧一眼來電顯示，喃喃道：「說曹操，曹操就到，是鑑證科的老曹……」

趁這空檔，阿Wing走近牆邊，觀看牆上的掛圖，嘉薰醫生背後那幅尤其吸引。

「老曹，你好……你還欠我幾份報告……」嘉薰醫生全神貫注地談電話：「怎麼，有發現？……」

阿Wing站到嘉薰醫生後面，雙腿垂直伸開至肩寬距離，忽目露兇光，緊盯嘉薰醫生的腦門，又拔出腰間的匕首，看準。這一刀貫穿頭蓋骨，直刺腦幹，嘉薰醫生這條小命，神仙難救。看Jenny快要回來，阿Wing殺死嘉薰醫生，可能沒人相信；但有Jenny作目擊證人，就不由眾人不信。到那時，嘉薰醫生和阿Wing，一個被殺，一個成為殺人兇手！

一石二鳥。

阿Wing微微掀動嘴角，露出一絲狡黠的笑容。

經常驗屍的嘉薰醫生，即將化為一具屍體，由人檢驗。

經常緝兇的阿Wing，即將淪為通緝犯，被人追捕。

剃人頭者，人亦剃其頭。

「等一等，老曹——」嘉薰醫生突然提高聲線：「你說的是哪一宗……旺角……哈，連三根毛也給你發現，真厲害……在嫌疑人物家裏，太好了……」

旺角、三根毛、嫌疑人物？嘉薰醫生語調這麼緊張，阿Wing為之一愕。

「你儘快把樣本和報告送過來，我通知何Sir……你現在順道送來？……勞駕勞駕……」

閣閣——

「咖啡到……」Jenny用托盤拿着兩杯飲品推門進來，乍見阿Wing手執匕首，舉在嘉薰醫生腦後，嚇得花容失色，不禁驚呼：「呀！你——」

嘉薰醫生回身看個究竟，卻見阿Wing在注視那個「此乃正氣」鏡匾，用匕首刮淨下巴的鬚根。嘉薰醫生笑道：「當心割破喉嚨。我這兒不是急症室，沒藥品替你急救。」

「醫生，他剛才好像……」

阿Wing作勢要用匕首刺嘉薰醫生。

「別嚇壞Jenny。」嘉薰醫生一把推開阿Wing，「Jenny，這傢伙自以為不羈，老是在不恰當的地方，作不恰當的事。」他回頭又說他的電話。

「嚇我一跳。」Jenny伸伸舌頭，把咖啡放在辦公桌上，「我以為他……」

「嘻，你的臉皮又白又滑。嘿嘿……」阿Wing湊過去，拿着匕首在Jenny眼前虛晃一下，「在上面畫個小烏龜，挺不錯呢！」

「呀！」Jenny雙手掩臉，飛奔而出。

「好，我等你的報告和樣本……五分鐘就來到病理大樓的升降機門口？」嘉薰醫生放下電話，「喂，阿Wing，你若嚇跑我的祕書，你來作替工。來，你的凍咖啡。」

「當祕書，沒問題，不過，只怕連你的病人也嚇跑。」阿Wing收好匕首，接過咖啡，想了半秒放下，「喉嚨痛，還是不喝刺激性飲品。老曹是誰？」他不經意地問道。

「鑑證科的主管，你們見過面的。你忘了麼？」嘉薰醫生拿起檸檬茶。

「沒印象。」

「三十餘歲，男人，五短身材，戴粗黑邊眼鏡，前額有點禿……」

鈴——鈴鈴——

嘉薰醫生再提起話筒，「喂……何Sir，我正想找你……旺角那宗案件，老曹有新發現……你在醫院大門口？快來……你遇上雯？真巧，我約了她……」

阿Wing指指手錶，向嘉薰醫生示意他要離去。

嘉薰醫生用手捂住話筒，輕聲問：「你找我不是有事嗎？」

「你今天太忙，我的事不打緊，改天再談。」

嘉薰醫生講他的電話去：「……對，跟她喝下午茶……」回頭瞄阿Wing一眼，問：「一起喝下午茶好嗎？」

阿Wing搖手，開門離去，離開前把嘉薰醫生掛在門上的三件西裝上衣挪動了一下。

「唉，不是擲鏹水彈，是連橫殺貓案，老曹在嫌疑犯家中發現三根貓毛……」嘉薰醫生跟電話裏的何Sir澄清。

2

走廊外面，阿Wing推開病理大樓的大門，輕按手上的遙控器，它微弱地「嘟」了一下。

嘉薰醫生的辦公桌下，有一個火柴盒般大的裝置，藏在暗角，上面一小盞的信號燈，隨着那聲「嘟」，頓由紅變綠。

嘉薰醫生放下電話，拿起檸檬茶，才啜飲了三分一，何Sir和雯就在門外出現。

有時，雯早下課，就會即興與嘉薰醫生來個下午茶。

「你們可有碰到阿Wing？」嘉薰醫生問。

雯搖頭，「我們一路過來，除了Jenny，並沒碰見熟人。」

「阿Wing來過？」何Sir有點驚訝，「沒可能吧，早些時候，我還和他在旺角再搜查……」

「我先到餐廳找位子，你們別談得太久，我會忍不住把下午茶餐吃光。」雯跟嘉薰醫生眉來眼去。何Sir跟嘉薰醫生談公事，雯明白自己不該在場，識趣地離開。

「我們搜查過張偉民的住宅，阿Wing就接到M的電話，回基地去了。」

「或許M找他的事沒要緊，他見完M再過來。」

「也許。怎麼？老曹的報告還未送到？」

「該來了。」

「唉，高空擲物案那些證物既沒指紋，又沒DNA或衣物纖維。看來兇徒謀事周詳，戴上手套，不讓自己留下線索。」

「附帶説説，有些人，很難留下指紋。」

「嗯？説來聽聽。」何Sir甚感興趣，湊近身子聽着。

「人人都有指紋，獨一無二。但有些人的確很難留下指紋。

他們大多是老人家，或經常摩擦指頭，如搬運磚塊的工人。」

「或許擲磚案可沿這線索……」何Sir托着下巴思索。

嘉薰醫生點頭，補充道：「還有，經常接觸石灰的人，也很難取他的指紋。」

指紋來自手指外皮的坎和谷，「坎」是高起的線紋，「谷」是凹陷的部分，它們把指頭劃得像阡陌一樣。指頭的坎紋特徵，如厚度、曲度、密度人人不同。當指頭按在物件平滑的表面時，坎的線路就會印在上面，可利用帚、粉末或其他技術取得。

人年紀大了，皮膚的彈性較弱，坎谷的差距縮短，指頭按物，坎紋會塌陷下去，紋路變得「平平無奇」，模糊一片，無法形成清晰的圖案，也就難以取得指紋印。

砌磚工人，甚或有些祕書小姐，手指頭常和磚塊或紙張摩擦，坑道容易受損；而接觸過石灰的人，因鹼性液體分化表皮，都會令指頭上的坎道暫時消失，難以留下指紋。

「鈴——鈴——」何Sir的電話響起，他望屏幕一下，擠眉弄眼，「是雯，呵呵……她的溫馨提示。」

嘉薰醫生瞅他一眼，有點狐疑。

「什麼？」何Sir的神色一下子變得十分難看，五官皺成一團，「他穿什麼？等等……」他側過頭去，用肩頭夾着電話，從上衣口袋掏出原子筆，在手掌寫下「A321」這幾個數字。「我通知同事去…… 我會跟嘉薰醫生說。小心，保持聯絡。」何Sir匆匆掛線。

「什麼事？」嘉薰醫生追問。

「你的白袍呢？」何Sir答非所問。

「怎麼問起這個來？」

嘉薰醫生邊說邊走到門後，摸摸撥撥掛着的三件西裝上衣，神情有點猶豫，「奇怪？明明掛在這裏。」

「快！」何Sir開門，示意嘉薰醫生不要多問，只管跟他一起走。

二人急步往升降機大堂去，嘉薰醫生想打電話給雯，才發覺剛才因工作需要，把手機關上了，得重新開啟。何Sir也忙着打電話給同僚：「請截查銀灰色日產GT-R雙門跑車。」瞥了手掌一眼，「車牌A321，剛離開龍頭醫院。」

嘉薰醫生感到大事不妙。

「雯與盲女高麗文在一起，她們發現可疑人物！」何Sir把嘉薰醫生推進剛打開門的升降機去。

「什麼可疑人物？」嘉薰醫生大為緊張。

「你。」何Sir定睛盯着跟前的嘉薰醫生。

「我？」

3

幾分鐘前。

雯別過嘉薰醫生和何Sir以後，就逕自往職員餐廳走去。在同一條走廊上，一個剛辦妥出院手續的失明女子，迎面而來。

那失明女子拿着手杖往身前左右掃撥，以防給什麼絆着。雯不想讓她的手杖誤中，也不想阻礙她的去路，便站在一旁，讓她先行。此時，有一人由雯背後的男洗手間走出來，與雯擦肩而過。他欠身避開失明者和她的手杖，望升降機走去。

雯不經意地一瞥那人的側臉，呆了半晌。

聽着那人的腳步，那女子也呆了半晌。

那人正是嘉薰醫生，但他沒瞧雯或女人一眼，視如陌路。

「不會是他。」雯呢喃。

「是他。」那女人道。

「你剛才說什麼了？」兩人不約而同詢問對方。

在升降機裏，何Sir望着樓層顯示燈，手指在門上急促彈了幾下，生硬地說：「雯與高麗文在大樓走廊上，遇見一個跟你一模一樣的人。」

「什麼意思？」嘉薰醫生馬上想起他的孿生弟弟。弟弟上星期到清華大學開學術會議，還未返回。

「那人身穿醫生袍，在走廊盡頭的升降機前面，叫住一個三十多歲的男人——據雯形容，五短身材，戴粗黑邊眼鏡，前額有點禿。」

「是老曹。」

「我也這樣猜想。那人問老曹要了一個公文袋，然後步出病理大樓，急步走進職員停車場；但沒一分鐘又在停車場出口，遇上跟蹤而來的雯和麗文。那人直往公眾停車場走去。雯知道那人不是你，高麗文則說他是黃伯。」

「黃伯？麗文的口供曾提及黃伯，可是黃伯的年紀、外貌，該與我相差很遠……」嘉薰醫生摸不着頭腦。

何Sir說下去：「那個『你』，進了公眾停車場，駕駛着一部銀灰色日產GT-R雙門跑車離開。」

嘉薰醫生明白事情不妙，連連追問：「他是誰？想怎麼樣？雯現在怎麼了？」想馬上跟雯通電話，但網路不通。

「叮——」升降機抵達地庫停車場。保安員雙眼惺忪，見嘉薰醫生來取車，擠出熟稔的微笑，點一下頭，又懨懨欲睡。

嘉薰醫生按鍵，但雯的電話不通，這時何Sir的電話響起，他嗯了一聲，神情凝重，「雯，你放心，嘉薰醫生現在和我一起…… 警方快來接應。我正趕來。你幫警方的忙，但要謹記安全至上。」

何Sir回頭，跟嘉薰醫生解釋：「雯與麗文登上了計程車，正跟蹤GT-R，現於西環。會與我保持聯絡。」

「什麼 !? 」嘉薰醫生頓時慌了手腳，心想雯也真是，怎麼擅自跟蹤可疑人物呢？「我得趕去……」

「不，」何Sir攔住想打開車門上車的嘉薰醫生，「由我去接應雯。警方分幾路包抄過去，雯該不會有危險。你留下和鑑證科同事跟進吧。」

「鑑證科？」

何Sir留下腦袋給搞昏了的嘉薰醫生，逕自往自己的車子奔去，邊跑邊喊：「拘捕罪犯，就由我們前線警務人員去辦。剛才我通知了鑑證科同事，他們隨後便到。」

雯以身犯險，跟蹤可疑人物，自己卻留在醫院，嘉薰醫生心裏一萬個不願意。

何Sir的車子在嘉薰身旁急剎停，他探出頭來，匆匆交代：「有一男子假扮你騙走鑑證報告，行蹤鬼祟，有可疑。偵查的事，就交給我。這裏靠你指揮蒐證，追查神祕人物的線索。」

嘉薰醫生腦裏還是一片混亂，不懂回應，他登上自己的車，呆坐車內片時，才理出當下的情勢：有可疑人物喬裝自己，拿走了報告；雯為了查明真相，和剛遇上的麗文祕密追蹤。何Sir正與警方圍捕，而鑑證科人員正趕來。

那可疑人物是誰？為什麼要偽裝自己？雯有危險嗎？他雙手緊握着方向盤，叫自己冷靜，重新思考案情。

鎮靜下來最佳的方法，是低頭禱告：上帝啊，你行公義，滿有憐憫，求你祐助我，賜我智慧，也保守雯和麗文平安。

對，該配合何Sir，爭取時間把案件查個水落石出。證據會隨着時間過去，變得模糊，得及早和鑑證科同事蒐證，把可疑人物繩之於法。

嘉薰醫生連忙打電話給Jenny，查問老曹可有出現？ Jenny 說他沒來過。

顯然不妥，他再給老曹的祕書電話。祕書回覆「波士」去了病理部，還未回來。

正要聯絡鑑證科同事安排事宜，電話就響起來。

是何Sir來電，他氣急敗壞地道：「嘉薰醫生，你肯定剛才阿Wing來過？」

「當然。」

「我一分鐘前與阿Wing通過電話，他正與阿漆在天后吃牛腩麵。他說今早探望過麗文，接着跟我搜捕張偉民，到基地見M，沒有再到醫院。我告訴他這邊的情況，他與阿漆立即趕過來。」

嘉薰醫生心裏「格登」一下，「你是說——」

「你跟那個所謂『阿Wing』，說過什麼？幹了什麼？」何Sir語氣焦灼不安。

嘉薰醫生一時答不上來，何Sir因事忙而快速掛線。

冷靜下來，嘉薰醫生明白事態嚴重。這個下午怪事、急事接踵而來，他來不及消化，更沒空把它們連貫起來。這刻他腦子像一部錄像機，快速回帶，再分段重播——「阿Wing」的聲音沙啞…… 他要喝凍咖啡…… 他拿着匕首刮鬢根……Jenny誤會阿Wing要刺殺自己…… 自己跟老曹通電話…… 提及樣本和鑑證報告……「阿Wing」匆匆離去。

他無緣無故地來，無緣無故地走。

謎團像濃霧，逐漸消散 ——「那人假扮阿Wing，想殺我！」嘉薰醫生衝口而出。想到這裏，不禁捏一把冷汗。

在GT-R跑車裏的「嘉薰醫生」，輕鬆地吹口哨，剛才沒有因一時意氣，大開殺戒，他感到很滿意。嘉薰醫生是鑑證科的中樞神經，即重要資訊的匯聚點，何不好好利用？

「嘉薰醫生」穩住方向盤，輕輕把耳筒扎深一點。他在暗笑，耳邊甚至聽到嘉薰醫生説「那人假扮阿Wing，想殺我！」他重重地呼出一口氣。

4

雯坐在計程車裏，司機座位後面，雙手抓着前座椅背，緊盯住往前方奔馳的GT-R銀灰色跑車，用電話給何Sir報告——「GT-R跑車在皇后大道西三百號附近，好像直往上環方向前去。」雯小時候家住西環。

「知道，正全速趕來。」何Sir與雯保持聯絡，不住叮囑：「有什麼風吹草動，立刻放棄跟蹤。性命要緊。」

雯應了一聲，繼續觀察路面情況。一切都來得這麼突然，她也不相信自己竟然在窮追一個可疑人物。是因為放不下有個冒名嘉薰？還是因為麗文剛才斬釘截鐵，指出那人是警方通緝的鏹水案嫌疑人物黃伯？或者兩者都有吧。

馬路上的交通繁忙，車輛多得很，有一輛客貨車在前方換線，插進計程車與GT-R之間，雯並不擔心危險，反倒憂慮被GT-R甩掉。

她拍一拍身旁麗文的手背，說：「放心，警察快趕到，那人逃不掉的。」

「他真的不是一個老人家？」

「不，他的外貌跟嘉薰一樣。」

「腳步聲卻不一樣。」

「兩位小姐，有沒有危險的？」計程車司機瞧一眼後視鏡，拉長臉孔道：「我沒頭沒尾聽你們交談，知道你們在追蹤什麼嫌疑人物。我不過是開計程車的，不是福爾摩斯，萬一出事，賠上我的車子，保險公司可能不肯給我賠償。」

「少廢話，專心駕駛，別跟丟。」麗文打開手袋，掏出一把鈔票，撒到前座去，「都算作你的酬勞。計程車若有損壞，保險公司不賠，我賠！」

司機瞅一眼鈔票，馬上喊聲「好」，便抖起精神，換線逼近GT-R。

麗文心裏想，錢本給Tommy騙光，已是失去之物，全賴阿Wing替她討回來；而前面的「黃伯」，是阿Wing正在調查的人，她幫忙追蹤，也算是報答。雖然這樣跟蹤，多少有點冒險，但感情金錢飽受蒙騙，自己算是硬挺過來了，之後，看性命安危已不一樣。

GT-R裏面的人究竟是誰？雯的心思還是放在那冒牌嘉薰身上。他穿上白袍，扮成嘉薰的模樣，又從職員停車場走出來，居心何在？他做過什麼對嘉薰不利的事？她愈想愈憂心，都往壞的方面想去，驀然才醒覺要跟嘉薰聯絡，幸好這趟電話搭通了。

「嘉薰，你在哪兒？」

嘉薰醫生還坐在自己的車子裏思考，收到雯的電話，便舒了一口氣。

「雯，千萬要小心，一不對勁，就放棄跟蹤！何Sir剛才告訴我，警察快趕到接應了。」他最擔心雯的安危。

GT-R裏的人，也聽到嘉薰醫生的「提醒」，覺察一輛計程車移近。GT-R減慢車速，前方亮起紅燈，車子在慢線停下。

「嘉薰，快檢查車子。剛才那人到過你泊車的停車場，我怕他在你車裏做了手腳！」雯心焦如焚。

嘉薰醫生怔住，僵在座位上。

「停車！」雯見GT-R停在前面不遠處，高聲吩咐司機。

半秒間，嘉薰醫生宛如受驚的老鼠，潛伏起來，再機警地嗅探空氣中藏匿的危機。他默不作聲，掃視司機座位，沒有異樣。

方向盤，和他離開前沒有分別。

打開儲物格，沒有不屬於他的物件。

他滿有戒備，把車門推開一半，右手握住電話，左手往方向盤下一掃，指頭馬上觸碰到什麼？他使勁拔出來，是一個火柴盒般的竊聽器！馬上把它扔到車外。

嘉薰醫生打了一個寒顫，奮起跳出車外，用盡力氣，猛往竊聽器踩踏下去，把它糟蹋成一團廢鐵，「咚咚」聲響徹停車場。

「卡——轟隆——」幾下聲響，震耳欲聾，令「嘉薰醫生」的耳膜一陣疼痛。

不一會，耳筒那邊，死寂一片。

「媽的！跟蹤我……」「嘉薰醫生」抬頭，後視鏡中，那計程車正慢下來，在兩米後面停下。

這邊廂，嘉薰醫生心知不妙，原來一路下來的話，都給截聽了。

那豈不是説，雯有危險 !? 他急電雯，拉高嗓子喊：「我車裏有竊聽器！你們行蹤敗露，快逃！」

雯在電話裏聽得清楚，天！她不敢怠慢，叫道：「司機，請馬上駛開。」

紅燈轉黃，GT-R仍停在交通信號燈前，「嘉薰醫生」從儀表板下，不慌不忙抽出一根手槍，鬆脱安全帶，轉身——

「糟糕！前面那人好像拿出手槍來！」計程車司機使盡吃奶的力扭動方向盤。「嘉薰醫生」扭身回望，後面的計程車正要換線離開，像要逃避魔掌，可惜已經太遲了。他左手朝後，伸直，瞄準車裏女人的頭顱，暗地咒罵：「死婆娘，再見！」

扳掣。

「砰！」嘉薰醫生的電話那邊傳來一下槍響，接着是雯

「呀——」的哀叫，電話「撲」聲落地。

命中目標，「嘉薰醫生」腳一蹬油門，把GT-R開入正街，往德輔道西去。

那邊一片死寂。任嘉薰醫生連連喊叫，電話再也沒有回應。

5

「砰——」

「是槍聲。」阿Wing立即提高警覺。

「從皇后大道西那邊傳來。若沒猜錯，何Sir動手了。」阿漆力踩油門。他們開的Jeep以高速沿德輔道西朝槍響來源處馳去。

「怎麼只開一槍？不用駁火嗎？」阿Wing狐疑。

「說不定何Sir眼明手快，一槍制伏可疑人物。何Sir真了得，阿Ken該到警察學校一趟。」

「他不像如此神勇。看！」阿Wing指着對面的行車線，「那不是銀灰色GT-R，車牌A321？」

「正是何Sir通報的可疑車輛。那人擺脫了警方。」

「衝！衝過去，別讓他逃掉！」

「坐穩。」阿漆一咬牙，在設了「不准掉頭」標誌的十字路口，闖紅燈兼來個急速U-turn，幾乎跟一輛「豐田」七人車迎頭相撞，嚇得司機剎車急停，大力按號以示不滿。

左前方，GT-R拐彎轉入水街。

「我不會輕易讓他脱身。」阿漆轉動方向盤。Jeep在三條行車線之間，左穿右插。

阿Wing取出手提電話，與何Sir通話：「我們在德輔道西發現那輛銀灰色的A321，正在追截。先前聽見皇后大道西傳來槍聲，情況怎樣？」

「我剛抵達槍擊現場，雯和麗文所乘的計程車中彈，擋風玻璃破裂。」

「有人受傷嗎？」

「還未清楚，正趕過去察看。」

「你照料雯和麗文。GT-R交給我們。」

「我通知同僚支援你們……」

「軋——」阿漆一轉入水街，隨即踩下剎車。

嘉薰醫生雙手抖得厲害，手提電話一時沒拿穩，掉在地上。他慌忙撿起，想打電話給何Sir，竟記不起他的電話號碼來。

心裏怦怦亂跳，手還在抖，總算在電話的通訊錄找到何Sir的號碼；打了出去，可惜對方的線路繁忙。

再撥號，仍不通。

他想了想，改為掛電急症室，並開車直飆西環。

阿漆把Jeep停在水街街口。

前面，GT-R停泊在路旁，駕駛座的車門打開，引擎仍在動，車尾的排氣管也上下顫動，後車窗留下一個清脆利落的彈孔。

街上路人甚多。

阿Wing和阿漆交換過眼神，各自推門下車。阿Wing伸手插進外衣口袋，握住袋裏的MK23手槍；阿漆解開衣袖鈕扣，方便隨時擲出鏢刀。兩人一左一右逼近GT-R。此時，兩名鐵騎巡警也從干諾道西包抄進入水街。阿Wing揚手示意他們留神。兩人馬上停車，把摩托車攔在馬路中央，阻止其他車輛駛進。

這時，阿Wing身後亦來了一輛衝鋒車，將水街的另一端堵住。警員紛紛下車，為首的是昨晚在蘭桂坊碰過面的王沙展。王沙展認得阿Wing，後經何Sir提點，知道阿Wing身分特殊，遂着同僚拔槍戒備，從後支援，同時強令路人離去或留在兩旁商舖之內。

阿Wing和阿漆凝神走至GT-R旁邊，卻見車內無人，座椅上遺下一件醫生袍、一個人皮面具。

「他溜得真快，可惡！」阿漆頓足。

阿Wing環顧四周，吟沉道：「他徒步逃走，不會逃得太遠；

但他扮成什麼模樣，倒是個難題。」

「公文袋！」阿漆猛然醒悟，「何Sir説過，那人假扮嘉薰醫生，騙走鑑證科的報告。看，內有報告的公文袋不在車內。」

阿Wing回身對王沙展説：「惟一線索，那人拿着鑑證科專用的公文袋，快搜去！」説罷，阿Wing奔出德輔道西，阿漆則朝反方向跑往干諾道西，分頭搜捕。

槍響過後，抱頭伏下的雯，慢慢抬起頭來，留心周遭的動靜。

一切回歸平靜，她有意識地感受身體的知覺，發覺沒有疼痛，大概也沒有受傷，隱隱呼了口氣。

但空氣裏沁着血腥。她還記得伏下前，那冒牌嘉薰持槍對準計程車，接着「砰」的一聲，擋風玻璃迸裂。

前座的司機一臉鐵青，呆若木雞，雙手扶住方向盤，不斷發抖。他似乎沒受傷，血不是他流的，也不是自己。麗文？雯轉頭，但見麗文長髮披面，靠着車窗，一動不動。

「麗文你……」雯輕推她一下，麗文倒下，鮮血自眉心流下。

雯一怔，手足無措，歇斯底里地大叫：「救命！救命啊！」

何Sir和幾個警員聽到槍聲剛趕到，眾人衝向計程車，拉開後座車門——

「麗文中槍……」

何Sir和支援的警察立刻把麗文抱出車外，平放地上，為她作心肺復甦。

雯的意識一片混紛紛，剛才發生了什麼事？對，那冒牌嘉薰……他銀灰色的GT-R……A321……還有麗文，她血流披面……車窗前有手槍晃動……那「砰」的一聲，好響，好刺耳！……她腦海飛快流轉閃動，一切只留下光影，她感到目眩噁心。

計程車給警察重重圍住，有人把司機移出車外，座椅上血迹斑斑，倏地雯感到呼吸困難，快要昏倒，又想吐。警察張口似在叫喊，雯只聽到「嘟——嘟——」的耳鳴，好像還傳來救護車警報器的鳴響。她仿如做夢，萬事都摒棄在耳膜之外，化作遙遠的笛聲。

她面色蒼白，全身乏力，有人攙扶她離開車廂，她雙腿發軟，呆坐地上，全身不由自主地顫慄。噯，不該冒險跟蹤，更不該讓麗文同去。臥在地上的麗文，了無生命氣息，雯掩面哭了，心裏不住呼喊：「麗文，你不要死，你要撐下去！……」

「雯！」一把熟悉的聲音，有人輕柔地扳着她的肩膀，她回過神來。

「嘉薰！」她哽咽，擁住嘉薰醫生，仿如隔世，心稍稍穩妥，仍不住哆嗦。

「我在，別怕。」嘉薰醫生緊緊把雯抱在懷裏，見她身體無恙，懸着的心才安定下來。他掠開雯的劉海，望進她的眼裏，柔聲説：「來，我們到醫院去……」

二人想起剛才各自為對方擔憂，相逢可不是必然，就不由再緊緊相依、相擁。

6

阿Wing佇足德輔道西街頭，四下張望，只見滿街路人，汽車川流不息，找一個相貌、衣飾都無可奉告的人，談何容易！他有點氣餒。

驀地，一個印着「香港政府」的公文袋把他的注意力全然奪去。在馬路中央的電車站，一個貌似流浪漢的人，拎着公文袋，混在候車乘客當中。

找到目標！

阿Wing睨一眼左右，待一輛密斗貨車駛過，後面的「平治」房車還未駛至，就爭分奪秒地閃出馬路，穿過羣車，跑向電車站。尾隨的王沙展見阿Wing有所行動，亦率領警察衝出馬路，跟在他身後。路上突然湧出數名警察，司機紛紛減慢車速，有些只為看熱鬧，有些就不想妨礙警察工作。

「扮成流浪漢？」阿Wing嘀咕。

那流浪漢似乎不在意自己身陷包圍。

一對上了年紀的夫婦，互相攙扶着在狹窄的電車月台上緩緩而行，擋住阿Wing的去路。阿Wing欲跳出馬路，繞過兩老，怎料前腳才落在電車軌上，兩個冒失鬼就從對面衝過來，擠到阿Wing身旁，一輛電車又剛駛近。他被迫退回兩老身後。

電車停下，開門。下車的人很多，又遇上「紅公仔」燈號，下車的人都滯留月台上，等候「綠公仔」橫過馬路。阿Wing擠在人羣當中，進退不得。

眼巴巴看着流浪漢在前面排隊登車，阿Wing心裏暗暗叫苦，不能讓他白白溜走；可是，亦不宜輕舉妄動，以免對方在情急之下動武，製造混亂，傷及無辜的市民。這是他慣用的脱身伎倆。

阿Wing無計可施，只好一聲「對不起」，就勉強推開身前兩老，從他們之間插身而過。

「不要推啊！」有人喊。

流浪漢聞聲回望，跟在數人後面的阿Wing打了一個照面。記憶裏，阿Wing從沒見過這張臉，但流浪漢手上的公文袋，卻清清楚楚地蓋着「鑑證科」圓圓的印章。無所遁形了！

流浪漢異常冷靜，木無表情，正提起右腳，要踏進車廂。

阿Wing別無選擇，拔出MK23手槍，猛喝一聲，縱身躍起，魚躍飛越前面五人頭頂，右腳蹬住月台廣告牌，左腳踩住電車窗頂，凌空使個「一字馬」；左手握住月台頂蓋的燈罩，背貼月台上蓋，右手擎槍，從上而下，抵住流浪漢的天靈蓋，厲聲喝道：「你！不准動！不干事的市民，通通散開！」

阿Wing已打定主意，對方稍有異動，便毫不猶豫地送他歸西，絕不給他絲毫機會殺傷無辜。

民眾嘩然，爭相逃離電車月台。

王沙展與兩名警察包抄而至，亦拔槍在手。四根手槍一同指着流浪漢。

「把腳放下來！遠離電車！」阿Wing跳回地面，嘭嘭大力拍打電車車身，「司機，立即把車開走！」

流浪漢渾身顫抖，苦着臉道：「阿Sir…… 我沒犯事……」

五秒鐘之內，電車開走，市民四散，月台只剩下流浪漢一人。三名警察和阿Wing前後壓過去。

「銙起來。」阿Wing試着扯掉他的臉皮，但人皮面具黏得很緊，撕不破。

流浪漢痛得哇哇大叫。

「公文袋是空的。」一名警察道。

「他身上沒武器。」王沙展道。

阿Wing揪住流浪漢的衣領，喝問：「這公文袋，從何而來？」

「有個西裝友，給我一百元，叫我拎着這公文袋去搭電車。」

「那人呢？」

「溜了。」

「沿哪個方向？」

「好似搭地鐵，好似截計程車，記不起了。」

「那人什麼模樣？」

「也記不起。」

又給千面人跑掉！阿Wing大為氣結，失望之餘，亦慶幸自己沒下手射殺這個流浪漢。他把手槍放回去，步離電車月台。

德輔道西兩旁，站滿好奇的市民，有些人舉起手機、照相機拍攝，打算將這段「警察拔槍圍捕流浪漢」上載Youtube。

千面人可能混在其中，心裏恥笑特工、警察無能。阿Wing長歎一聲，此刻，實在奈他不得。

不過，阿Wing決不放棄。

「千面人，你儘管笑吧。終有一天，我會親手把你銬起來。」

4

伏妖記

鬥智鬥力，突圍而攻，人魔戲劇現形……

1

雯由於受驚過度，血壓偏高，情緒也不穩定，須留院接受觀察治療。

嘉薰醫生向雯的主診醫生查詢過，了解她的病情並不嚴重，放下心來，又把中途放下的公事再跟進。當下，除了幾宗高空擲物，他還要查察神祕人擅闖醫院，喬裝阿Wing和他，先後騙走了鑑證報告，又開槍傷人這幾宗罪。

由於神祕人事件仍在蒐證中，嘉薰醫生先處理高空擲物案。半個月以來，一而再，再而三，在鬧市出現投物傷人、殺人，而且罪行似有升級趨勢；揪出狂徒，遏止罪惡，以避免更多無辜的傷亡，已是刻不容緩。

不過這三宗罪案是否一人所為，還是出現了模仿者，目前還難下定論。當然破案愈遲，一旦模仿者多起來，不但令案情分析更為複雜困難，造成的傷害、震盪也難以估計。

初步分析玻璃花瓶碎屑，既沒有指紋印，也缺基因或衣服纖維等佐證，教人不知如何追查下去。嘉薰醫生苦惱無奈，想起

1910年法國犯罪學家羅卡（Dr Edmond Locard）的法醫定律："Every contact leaves a trace." 狂徒做案接觸過的物件，會留下線索嗎？

對，從「接觸」入手！真相總藏在隱蔽的地方，等人去發掘、破解。

他登入鑑證科網頁，輸入密碼，鍵入「高空擲物」數字，屏幕立時出現了他正調查的那幾宗罪行的舊檔。他開啟玻璃花瓶和磚塊案的文件夾，裏面圖文並茂，詳細闡述搜出的證物。

他與資料庫同事聯絡，請他們安排，讓他去研究證物。

嘉薰醫生穿上潔白的制服，戴上口罩手套，又來到那張熟悉的桌子前面。銀白、冰冷平滑的桌面，放着各案的證物。他定下神來，提醒自己得小心聆聽——現在，一切要聽證據説話了。

經過重重檢驗，兇器磚塊由於表面凹凸不平，沒法取來完整

的指紋，也就無從追蹤兇徒。

至於鏹水彈一案，他在證物玻璃瓶外小心塗上粉末，但也無法取得指紋。

指紋欠奉，兇徒是否戴上手套做案？還是，兇徒沒有指紋？該如何下判斷？

這案鑑證科人員共撿獲了玻璃碎片三十多塊。宛如一場拼圖遊戲，嘉薰醫生用了個多小時，把種種形狀都有的碎片拼湊，最後把玻璃瓶的下半截重新拼了起來。

大膽假設，小心求證，他終於在玻璃瓶身，有了發現：是一組紋路——掌紋！

有掌紋，即表示兇徒犯案時，並沒有戴上手套！

掌紋跟指紋一樣，獨一無二。

他再研究那磚塊，它沒有留下指紋，卻有不完整的掌印。雖然印痕零碎又不清晰，但已足可證實投磚塊和扔下鏹水彈的，分屬二人。

這樣看來，先有磚塊，後有鏹水彈⋯⋯擲鏹水彈兇徒，該是仿效者，跟風犯事！

而首宗的玻璃花瓶呢？嘉薰醫生就取不到任何指紋或掌紋。兇徒戴上手套才投擲？抑或花瓶墜下，純屬意外？兩者都很難證實。由於這案又與前面的二宗做案手法有些不同，嘉薰未予分類。

無論如何，鏹水彈案終於出現突破！嘉薰醫生一面為找到一組掌紋這線索暗自歡喜，一面卻發愁起來。警方的資料庫並沒有把全港市民的掌紋記錄都放進去，那麼如何揪出兇徒？人海茫茫，怎樣緝拿疑犯，取他的掌紋，以核對身分？

證物研究，教嘉薰醫生得蒙啟迪。

為了更全面追緝騙走鑑證報告和槍擊麗文的神祕人，嘉薰醫生一再跟仍在龍頭醫院裏蒐證的鑑證科同事聯絡，交代任務。

四小時過後——

鑑證科同事遞上報告、證物，說：「嘉薰醫生，我們從你小汽車門的把手、方向盤，和病理大樓的大門等，找到了這些指紋和掌印。還有，也在你的辦公桌下，發現這個——竊聽器。」

「啊，又是竊聽器！」嘉薰醫生接過證物袋，打開，拿出竊聽器小心端詳，款式跟他在車上發現的一模一樣。該是那個冒牌阿Wing裝上去的，真陰險！

他不由想起在車上與雯通電話，給冒牌嘉薰竊聽，引致麗文中槍，而且傷勢嚴重。念及麗文已失明，現在又陷入困境，就為她難過不已，無限唏噓。

他收拾心情，再抖起精神辦事，掀開報告，裏面共有幾十個大大小小的指紋印和掌印，既有印痕完整，也有缺損的。其中一組，格外矚目。他注意到它的指頭化作一片模糊，但掌紋熟悉不過。

經電腦比對，一切無所遁形——投擲鏹水彈的狂徒，曾來過龍頭醫院！

嘉薰醫生怔了怔，根據掌紋出現的位置，表列了兇徒到過的地方：醫院的公眾停車場、職員停車場、他的小汽車、病理大樓大門…… 嗯？還有他的辦公桌、咖啡杯。

呀，好險，那狂徒曾與他近距離接觸！

那咖啡，是Jenny端給冒牌阿Wing喝的！

證據確鑿，擲物狂徒，就是那個「阿Wing」！這瘋子還在他辦公室和車裏安裝竊聽器，甚至冒充自己，騙走鑑證文件，再開槍傷人，挑戰警方權威，真是個極可怕的危險人物。

再說，從高空擲下的玻璃瓶、咖啡杯，和車門把手留下的掌紋，可以推測狂徒是個左撇子。

當時怎麼沒有留意冒牌阿Wing用左手接過咖啡；拿匕首刮鬍根，也是用左手？

「太大意了，觀察力欠佳。」他不滿自己。

有機會留下DNA嗎？嘉薰醫生靠在椅背上，閉目回憶和冒牌阿Wing相遇時的情節，設法找出破綻，好得到更多線索。

冒牌阿Wing，沒有喝過一口咖啡，就把杯子放下。杯上不會找到他的唾液。好心思細密的傢伙！

疑犯曾近在咫尺，卻從自己手裏逃脫了，嘉薰醫生很不甘心，緊握右拳，一拳捶向掌心。

2

「幹嗎這麼打自己？自虐？」門外站了阿Wing。

又是阿Wing！眼前的阿Wing是真是假？嘉薰醫生不禁躊躇起來。

「Hi！是我呢！」阿Wing指着鼻子，「不信，可以考考我。」

「接住！」嘉薰醫生從桌面抓起一個釘書機，擲過去。

阿Wing伸手接住，用右手，笑道：「這麼簡單，不算——」手一揚，「還你！」釘書機就如流星般朝嘉薰醫生的鼻樑飛去，嚇得對方目瞪口呆——

眼看嘉薰醫生的鼻樑快被釘書機劈斷，阿Wing的指頭一彈，彈出一枚兩角硬幣，後發先至，就在對方鼻子前五公分處，一下打歪釘書機的去向，硬幣和釘書機一同落在嘉薰醫生腳邊。

阿Wing擦擦鼻頭，神氣地說：「功夫騙不了人。外貌可以偽裝，要假冒我的彈指神功，談何容易！」

「對，你真是阿Wing。」嘉薰醫生掏出手帕，抹去鼻頭的冷汗，順便確定鼻子還完好無缺，再看枱頭的鐘，「喔呀，快十二點，時間過得真快。這麼晚，想約我到蘭桂坊？」

「我剛想到深切治療部探望麗文，途中遇見何Sir，他說你在鑑證科，便過來聊聊。」阿Wing坐在嘉薰醫生對面，架起腿，問：「麗文有進展嗎？」

「仍然昏迷。外科醫生從她鼻竇取出彈頭，手術順利。」嘉薰醫生看了放在桌上的彈頭一眼，說：「彈頭才送來不久。」

「幸虧搶救及時，麗文總算撿回一命。」

「幸好當時麗文低着頭，子彈才從眉心向下射進鼻竇。如果射向腦袋，她就……」

「每當麗文留心聆聽周圍動靜，總會低頭，也許這救了她……你自己亦算撿回一命吧。」

「你說得不錯，好險！」

「你已成為刺殺目標。我派阿Ken二十四小時貼身保護你。」

「阿Ken？說不定，反過來要我保護他。」嘉薰醫生把鑑證報告遞過去，補充道：

「案情總算有了眉目，掌握了歹徒一些資料，只要他再犯事，就容易讓我們找到線索，把他拘捕。」

阿Wing把報告拿在手裏，邊讀邊說：「根據我們特工這方的調查，加上麗文的口供，以及從種種迹象看來，我們相信投擲鏹水彈和在醫院出現的神祕狂徒，正是千面人。」

「喔，千面人！」嘉薰醫生若有所思。他處理過錢富強遭燒屍，和西鐵列車乘客多人給謀殺二案，知道千面人是個可怕人物。沉思好一會，他說下去：「龍頭醫院那神祕狂徒，先後佯裝你和我，又心狠手辣，作風的確和千面人同出一轍，極有可能是同一人。」

說完以後，嘉薰醫生頓一頓，作了個形勢小評估：「但這只是佐證，法律之下，一切講求真憑實據。」

「當日，阿Ken射傷千面人，特工送千面人到醫院，取出彈頭。手術過後，特工在羈留病房，為千面人取了三次指紋印都不成功。這點和你的發現吻合。千面人當晚就逃離醫院。當時，我因毒發，不省人事。要是有我在場，他未必可以逃脫。」

二人想起當日這事的結局，不無遺憾。

「那時，我忙於替你急救、解毒，沒去給千面人醫治。後來聽同事說，千面人殺死到場為他診治的醫生，移形換影，扮成主診醫生模樣，向守在門外的特工訛稱給犯人注射了鎮定劑，不要進內騷擾，瞞天過海。」

嘉薰醫生再看掌印報告，提出他的疑問：「投鏹水的狂徒沒留下指紋印，我們又沒法取得千面人的指紋，這兩人可是同一人？可惜，警方的資料庫沒法提供全港市民的掌紋記錄，我們無從跟進。」

「千面人假扮我殺死你，若得逞，一石二鳥。此計真毒！」阿Wing拍一拍大腿，躬身向前，說：「我一直有個疑問，千面人當時殺你易如反掌，他為什麼臨時改變主意，放你一馬？」

「雖然Jenny剛送咖啡進來⋯⋯不，Jenny決計阻不了他；

而且，他有本事連Jenny一併殺掉。」嘉薰醫生給阿Wing解說。

「那到底為了什麼？」

「當時我跟老曹講電話，談到鑑證報告和樣本……」嘉薰醫生確信自己的分析無誤，語氣肯定：「他急於假扮我去騙取老曹的報告。如果他那刻殺死我，電話那邊的老曹馬上就知道出了事，他還會把報告拿來給我？」

「但，那是有關貓毛的報告和樣本，與千面人無關。」

「他在旁邊聽，只聽到片語隻字，誤會那是他的毛髮報告，故急於取回，不讓警方跟進。」

「罪犯當然非常在意警方掌握關於他的線索。」阿Wing在推敲思量，說：「這或許是千面人的弱點。」

「談到線索，目前，掌紋是惟一調查的方向。唉，如何是好？……」嘉薰醫生的雙腳，像陷在泥濘裏，無法向前走。

「可有別的方法？」阿Wing支着頭，也在苦惱，「有沒有高人，可以幫忙？」

「高人？」嘉薰醫生想了一下，「或許鑑證科的楚醫生幫得上忙。他主修化學病理學，書讀得最多，涉獵又廣，知識淵博。」邊拉開鍵盤桌，邊說：「我這就發個電郵給他，請教他的意見。」

「你從你的醫學角度入手吧。」阿Wing站起來，「我去搜一搜你的辦公室。」

「怎麼？鑑證科人員不是早搜查清楚嗎？」嘉薰醫生指一指案頭的報告。

「千面人冒充我，在你的辦公室逗留了一段時間，可能遺下蛛絲馬迹。」阿Wing堅持。

「那麼，隨便。我不介意。」嘉薰醫生敲鍵，羅列重點，發他的電郵。

「你介意我也會搜查，放心。有消息電話聯絡。拜。」

「別搞亂我的files……」

阿Wing一陣風似地跑了。

醫院出現的神祕人，真的是千面人嗎？這問題沒有教嘉薰醫生困擾多久，事情便有了頭緒。

房間裏又只剩下嘉薰醫生一人，夜已深，四周寂靜無聲。

他努力抖起精神，檢驗剛從麗文頭顱取出的彈頭，在顯微鏡下分析「來復線痕」，然後翻查其他槍擊案的記錄，比對線痕。

來復線痕堪稱手槍的指紋印，每一把槍發出的子彈，都有相同的來復線痕，獨一無二（鑑證方法，請閱《嘉薰醫生5 槍火魔蹤》）。

反復檢查核對，嘉薰醫生竟發現射進麗文頭顱的子彈，和年前那宗富商滅門命案，留在老看更、老傭人體內的子彈相同。

可以確定，那根幾乎殺死麗文的槍，和那宗兇徒用來滅門謀殺的，同屬一柄。

「魔槍」再現，嘉薰醫生倒抽口氣。而當年謀殺富商又滅門的兇手，正是仍然在逃的千面人！

3

深切治療部裏，護士正替麗文量度體溫血壓心跳，記錄尿袋的排尿量，填input / output chart（輸入 / 排出表），再計算身體輸入和排出水分的落差。情況很好，她舒一口氣，體溫血壓心跳尿量和「出入量」都滿意。

護士又走到牀頭，檢查麗文的面頰，那裏放了一條導管，深入肌肉的深層，把自臉頰流出的血液和分泌液，引流到牀邊的容器裏，好監察和防止面部腫脹。護士閱讀容器，裏面有20 c.c.的血水。雖然面頰仍然腫脹，但排出血水的流量正在減少，這表示病人的情況有好轉，是好現象。

為了取出彈頭，外科醫生為麗文施緊急手術。這手術並不簡單。那一槍，子彈和伴隨着的發射火藥，高溫射出，把麗文右臉連前額的皮肉灼傷損毀，醫生要把這邊面頰和額頭壞死的肌膚切除；而面部組織的缺陷，就得用頸項的肌肉血管和皮膚，「移花接木」來填補；最後再把大腿肌膚的組織，移植到頸部，手術才大功告成。

經過醫護人員多個鐘頭的努力，手術終於順利完成，但整個「割肉補瘡」的過程，也同時在麗文身上這三個部位留下頗大的傷痕。如果子彈已傷及病人面部神經，就更會影響她的感覺、面部表情，和相關的肌肉活動。不過，這都要待病人清醒過來再評估，相信她復康的路漫長。

阿Wing上嘉薰醫生的辦公室前，順道探望麗文。深宵時分，深切治療部門外仍有幾個警員在守護戒備。他按規矩作了登記，推門進去，隔着半身玻璃牆，瞧着手術後還未甦醒的麗文。唉！真可憐，這女子失明，又飽嘗失戀，遭男友騙財，現在還給毀了容；加上日後這些那些的後遺症，教她如何活下去？

向來瀟灑的阿Wing也不禁黯然。她真傻！追蹤疑犯，至少該由開眼的人去辦；不過，即使是開眼的，也不是人人都幹得來——雯幾乎喪命。這兩個女子，有空為什麼不逛街shopping、美容做facial？偏偏搶着冒險，現在弄至雙雙躺在醫院裏，何苦呢！阿Wing皺起眉頭，在心裏暗暗打氣：

「麗文，你要加油，不能輸給一顆子彈。我也會加油，不能讓千面人得逞，以為警察、特工通通都是酒囊飯袋。千面人，你不要沾沾自喜，你會栽在我手上的，走着瞧吧！」

4

醫院病理大樓三樓。

解除局部封鎖後的病理部，深夜兩點，實驗室仍然燈光通明。這裏的工作人員比日間少，路過的人也不多，間或病房助理會提着小膠箱，把需要緊急處理的樣本帶來——醫院二十四小時都有大大小小的化驗在進行。

「嘟嘟——」員工的工作證觸到實驗室大門旁的感應器，感應器發出微弱而清脆的聲響。

「的——」防盜大門的鎖自動刪除。

身穿病房助理制服的男子，胸袋上夾着工作證，向實驗室裏的人揚聲：「急件。」

「放在門前的桌上就行了。」裏面有人喊出來。

男子放下小箱，走到長廊盡頭，把手中的別針插進嘉薰醫生辦公室門鎖的鑰匙孔，輕輕一擰，就把門打開……

嘉薰醫生的辦公室位於病理部三樓，那兒有兩部升降機，這刻在左方的升降機正從上層下來，而在右方的升降機就剛從大堂升上來。

「軋——」左邊的升降機門打開，身穿病房助理制服的男子走進去。

「叮——」阿Wing乘右邊的升降機，從大堂來到三樓。

左方升降機的門徐徐關上。

右方升降機的門打開。阿Wing踏出升降機，走到嘉薰醫生的辦公室門前，用百合匙打開門進內。他沒有開燈，靠外面走廊的燈光照進房間來。

嘉薰醫生的辦公室有點凌亂，工作桌面呈L形，書本、文獻、報告、病歷和一疊疊文件，鋪滿桌面的一邊，幾乎插針不下；而另一邊就放置了一台電腦。平放着的硬碟機上面，擺了一個相框，是嘉薰和雯的合照，大家都笑得燦爛。這相片立在顯得寬平的機頂上，和旁邊的「密集區」看來有些格格不入，但又像是混沌中的一片樂土。

牆上懸掛着一面寫上「此乃正氣」的鏡匾，阿Wing熟記唐詩宋詞，會心地說：「好句。」辦公室的書櫃裏，排列着又厚又重、有如字典的醫科書，由於空間不夠，有些書還要橫躺在「字典」上面；但內有一格藏書顯得較疏落，都是小書，走近一看，原來是青少年讀物，分屬「Q版特工」和「嘉薰醫生」系列。

阿Wing莞爾，原來嘉薰醫生也看中文小說。

他移步窗前，背靠窗台，模擬冒牌阿Wing的手勢、立姿，試着從同一視角，推敲那人在這裏與嘉薰醫生獨處，除了企圖殺人、盜白袍外，還會作什麼？

阿Wing轉身檢查窗台、百葉窗簾，沒發現什麼，回到辦公桌前，坐下，想起冒牌阿Wing拿過咖啡，便假裝從桌面端起一個無形的咖啡杯，身子稍稍往後靠着椅背，再趨前把「杯子」放回桌上。

千面人會在這裏做什麼手腳？阿Wing想到千面人離開病理部後發生的一陣串事件，全因他在嘉薰醫生的小汽車內，偷偷裝上竊聽器所致。

阿Wing蹲下匍匐搜索，這時，在辦公桌下，他眼目接觸到一盞綠光。

那盞綠光很小，光線頗微弱，但由於四周漆黑，令這顆光分外顯眼。是一個火柴盒般的裝置，驟眼看來，阿Wing以為是一個電子驅蚊器；看清楚，當然不是。他馬上伸出手去，要把裝置拆掉……

5

翌日，嘉薰醫生等了一個上午，仍不見楚醫生的回覆，於是在午餐時分，買了外賣，專程摸上楚醫生的辦公室。房門虛掩，嘉薰醫生探頭入內，但見楚醫生趴在桌上，面前打開了一包牙簽，沒精打采地把一根又一根牙簽抽出來，口中唸唸有詞：

她還愛我。

她不愛我。

她還愛我。

她不愛我。

嘉薰醫生走近前來。楚醫生把下巴支在桌上，一臉傻氣，毫不在意嘉薰醫生到訪。就他所認識的楚醫生，他這副落泊模樣，不出三個原因：一、他又脫髮了；二、有不喜歡的女人向他示愛；三、有他喜歡的女人不接受他的示愛。

桌上放着一幀沙龍照片，照片中的女子，鵝蛋面孔長髮披肩，正是楚醫生喜歡的類型。嘉薰醫生馬上斷症：他又失戀了。

楚醫生是毒理專家，三十多歲，事業有成，卻有男士兩大困擾：一是髮線往後移，「地中海」問題呈現；二是感情問題，他愛的人和愛他的人，像錯配般無法一致。

她還愛我。

楚醫生還在低聲自言自語。

她——不——愛——我。

「唉！」楚醫生抽出最後的一根牙簽，仰天長歎：「天意！」

解決愛情問題，嘉薰醫生自問功力不夠，但關心老友，還做得來。「楚醫生，一起吃飯！看，我買了北海道牛乳珍珠奶茶。」

把一大杯奶茶放在他眼前，再插上一根又圓又大的吸管。

「唉！」楚醫生爬起來，瞄了珍珠奶茶一眼，滿面憔悴，「沒胃口。」

這是楚醫生N次失戀了。每次談戀愛，他都很認真，對對方千依百順，呵護備至；但不知怎的，每趟總是分手下場。是天意弄人？還是他不夠成熟？大概兩者都有。

「你有雯，不會明白我的心情。」楚醫生還是語氣低沉，顯得灰心喪志。

提起雯，又牽動了嘉薰醫生的心。昨晚他曾去探望，發現雯的精神很差勁，一閉上眼就想起血淋淋的場面；不是噩夢連連，就是恍恍惚惚地睡。她沒胃口，人憔悴了不少；勉強進食，吃不了幾口，噁心作悶，把吃過的盡都吐出來，體內電解質因而出現紊亂，要注射點滴。

這個上午，嘉薰醫生一直忙着剖驗工作，實在騰不出空來探病，希望雯會諒解。

「雖然我無法完全了解你，但希望你能振作起來，從失敗中學習成長，別讓失戀拖垮自己。」嘉薰醫生語重心長：「讓過去的過去吧，明天總有新希望。」

「唉，此情無計可消除。」楚醫生忽然唸起什麼詩詞來，「有些事情，你以為消失了，不留痕迹；但實際上『才下眉頭，卻上心頭』，突然又像幽靈一樣竄出來。你了解嗎？」

嘉薰醫生點頭附和。對，感覺如是，真相不也一樣？歹徒以為毀屍滅迹，真相就會消失，把逞兇者的身分隱藏；但其實線索暗藏某處，契機一到，就露出端倪。一經驗證，真相大白。

他輕按着楚醫生的肩膊，安慰他說：「失戀的痛苦，我還明白一點點的。」那年女友Gigi在國內人間蒸發，曾令嘉薰醫生心傷了好一段日子（詳情請閱《生死X緣》）。他有所感觸，再勸：「失戀可令你沉淪；但也可以叫你堅強起來，變得更成熟。」

楚醫生把桌上那堆折斷了的牙簽來回撥弄，平淡地說：「你說得對。水能載舟，亦能覆舟。」抬頭望着嘉薰醫生，猛然想起什麼，說：「正如你早上在電郵指出，失去指紋印，既能隱藏身分，亦能暴露身分。電腦旁的公文袋有一份文件，你拿去讀，看有沒有幫助？」

嘉薰醫生取過公文袋，道過謝，還想做點什麼，叫楚醫生開心起來，遂邀他週末到蘭桂坊散心暢談。

楚醫生表示不感興趣，卻留意到他外賣午餐的塑料袋，問：「那袋裏有牙簽嗎？」

嘉薰醫生把裏面的牙簽紙包遞過去，再叮囑一句：「別瞎鬧了。振作點吧！」

楚醫生紙包在手，兩眼閃爍異彩。

嘉薰醫生還未走出門外，背後就傳來楚醫生的哀叫：「哇！怎麼裏面有兩根牙簽？」

嘉薰醫生強忍住笑，邊走邊打開公文袋，裏面有一份文件，下載了一則報道，是2009年5月「新加坡國立癌症中心」（The National Cancer Centre of Singapore）在 *Annals of Oncology*（《腫瘤學年報》）這份學術雜誌發出預警。

該中心有一名正接受治療、年六十二歲的男病人，在08年底前往美國探親，抵達當地國際機場時，因入境處官員無法探測他的指紋印，而把他扣查。該老人患有鼻咽癌，癌細胞已擴散至肺、骨、淋巴腺。據悉他自05年起就服用化療藥物「卡培他濱」（Capecitabine），以控制病情，預防復發。

卡培他濱這化療藥物用途廣泛，對一些病情已擴散的乳癌、胰臟癌、結腸直腸癌等，都有療效；但它有副作用，有些人的手腳會發炎，而長期發炎會破壞皮膚組織，造成剝落、流血、潰瘍，或形成水泡。指頭的皮膚受損，久而久之，指紋就會消失。

老人被扣留調查了四個小時，後來因為確定他對當地安全不會構成威脅，才決定放行，獲准入境。為免事件重演，入境處官員告誡這個病人，回國後該向當地的腫瘤科醫生索取證明，表明他正接受卡培他濱治療，而這種藥物或會令指紋消失。

報告又建議醫生留意卡培他濱的副作用，並提醒病人，以免他們遇上同類情況云云。

嘉薰醫生知道卡培他濱得經醫生處方，並須由藥劑師核實處方，病人才可獲配藥。

因此，本地所有服用卡培他濱的病人，都有記錄可以翻查。

嘉薰醫生邊走邊沉思，想得入神，步履愈來愈慢，最後踱到走廊的盡頭，便索性在那裏的長椅坐下來，細心歸納心理描繪和案情最新的發現。他把楚醫生的文件放在大腿上，取出原子筆，在公文袋背面空白的位置，寫下要點：

1. 男性；
2. 年齡介乎三十至四十之間；
3. 癌症第三期的病人；
4. 曾服用卡培他濱；
5. 癌症已擴散的病人，因健康狀況欠佳、行動不便，故無法犯案，刪除；
6. 投擲鏹水彈那天，凡離境在外、住院或正接受檢查的病人，都有不在場的證明，刪除；
7. 家庭美滿、品格良好，和事業有成的人士，暫不跟進；
8. 左撇子。

嘉薰醫生把要點重讀一遍，看看可有遺漏。突然他感到一陣莫名的寒意從身後襲來，自己跟疑犯的距離，一下子好像拉近不少，對方彷彿就暗伏後頭。他不期然地抬頭張望前後左右，除了清潔大叔在走廊的那一端拖地板外，別無他人。

他沒可能喬裝清潔大叔吧？嘉薰醫生拍一下臉頰，取笑自己疑神疑鬼。

6

阿Wing在特工總部吃下午茶。

何Sir在警局也吃下午茶。

「咇——」阿Wing的PDA在口袋裏發出信號。他坐直身子，取出PDA，原來是嘉薰醫生傳來電子郵件。

同時，「噹——」何Sir身旁的電腦輕聲提示，它捎來了新郵件。

阿Wing和阿漆跳下Jeep，穿過小巷，跑出西洋菜南街。街道兩旁的攤檔小販，經過大半天的辛勞，疲累之餘，神態還顯得緊張。緊張，是由於鏹水彈一案還未偵破，狂徒依然逍遙法外，説不定那人一時心血來潮，又亂扔什麼下來。

阿Wing和阿漆跑了大半天，雖覺疲累，但來到西洋菜南街，也不由地緊張戒備起來。一想起前天，於德輔道西，千面人在包圍之中從容逃脱，此趟，實在不容有失。

阿Wing根據嘉薰醫生的八點線索，託露絲利用超級電腦，以「布爾邏輯」（Boolean Logic）方式縮小搜尋範圍，結果找到十三個目標。最後，他們往有關醫院的檔案室，翻查病人記錄和簽名，再經筆迹專家鑑定，證實其中一人是左撇子。

那人患上結腸癌，癌細胞擴散至淋巴腺，已服用卡培他濱三年，曾出現嚴重副作用，手腳發炎腫脹，一度入院治療，目前健康良好。

身分證的資料顯示，他叫李志強，三十五歲，報住的地址是旺角西洋菜南街……

一跑上六樓，阿Wing已拔槍在手，阿漆筆直地衝往E室，一躍而起，飛腳踢開大門。

兩人破門而入，屋內一片凌亂，人去房空，「可惡，又讓他跑掉！」阿漆巡視了房間一遍，忿忿不平。

阿Wing環視空空如也的書房，牆上掛着一張大字報，放大的標題寫着：

天羅地網無能廢柴
掟物狂徒剃警眼眉

彷彿看見千面人虛張聲勢不可一世的神情。

「也未必如此。」阿Wing對阿漆説，心想也是時候和嘉薰醫生商量下一步的計劃。

那天下午，何Sir代表警方召開記者會，會前與嘉薰醫生會面細談。

由於輿論近日一面倒指責警方無能，旺角鏹水彈案還沒進展，鬧市街頭槍擊案又起，警方擔心會引起社會恐慌，誤以為治安惡化，警力不振，故決定高調向傳媒發放消息。

何Sir一直與嘉薰醫生緊密合作，一獲報旺角狂徒鎖定為李志強，就馬上跟進。

無疑警方有它的難處，但公開通緝李志強，其中一個可預見的結果是，逼使他躲起來，棄用李志強的名字，改頭換面，另取一個身分，警方完全拿他沒辦法。

嘉薰醫生跟何Sir表白他的疑慮。

何Sir一臉無奈，「召開記者會，是高層決定，我只得奉命行事。不過，我始終懷疑，李志強是否千面人？看你如何證實。」

嘉薰醫生點頭，表示明白，「起初我也這樣想，李志強亂投鏹水，狂徒一名；千面人是職業殺手，純粹收錢殺人，犯罪動機和心態，跟惟恐天下不亂的狂徒，畢竟不一樣。但如今事實勝於雄辯，證據確鑿。」

狂徒李志強是不是千面人？要找出答案，其實不困難，只要有專業的鑑證技術、耐性，就可辦到。

嘉薰醫生站起來，從褲袋掏出鑰匙，打開檔案櫃，搬出一個鑑證科專用的紙皮箱，放在桌上。

何Sir湊過去，他知道嘉薰醫生的show time來了，於是閉口不言，當個忠實旁觀者。

嘉薰醫生從箱裏取出一個個透明塑料袋，內有錢富強燒屍案的證物。火警現場並沒有可疑的指紋印，但警察在豪宅附近的垃圾桶內，撿到一對可疑的膠手套。

手套完整，糊上了幾攤污漬，有些骯髒。撿獲時，手套反了過來，裏面朝外，顯然有人戴上又脱下。

嘉薰醫生拿起鉗子，小心翼翼地從塑料袋取出手套，用帚把粉末輕塗在手套指尖，但無法從指尖取來指紋印。

「你看，那用過這手套的人，沒留下指紋印。」嘉薰抬頭跟何Sir說：「另外，在西鐵謀殺案的次日，旺角有一名清潔工人在一個垃圾桶內，找到一件大衣，上面染有血迹。當時正好有一名警員經過，警員接報後，覺得事態可疑，於是通知上司……」

「這個我記得，」何Sir插嘴：「經DNA分析，血迹來自大力，和同案幾個死者。大衣物主相信是千面人。大衣上面，同樣沒留下指紋印。」

「不過，鑑證科人員還在垃圾桶旁邊的欄杆上，發現了一個奇怪的手印。一個沒有留下指紋的手印。失去指紋，正是千面人和狂徒李志強作案的『簽名』，顯示千面人就是李志強。」

儘管結論呼之欲出，但在法律之下，一切講求證據確切，單憑失去指紋，很難定罪。

千面人自恃沒有指紋，卻不防留下這個破綻。離開真相，只差那麼一點。

嘉薰醫生檢驗證物，一絲不苟。這時他又把手套放平，研究它們的手心；又在大衣上，塗上粉末。

經過連番比對，證明鏹水瓶碎片、咖啡杯留下的掌紋，都與手套、大衣、欄杆上的手印，一個模樣！

「留心欄杆上的手印，」嘉薰醫生把手印報告，一一放在何Sir面前，「和這把從天水圍防洪渠撿到的VZ61蠍式衝鋒槍。」

經射擊測試，加上子彈作了來復線痕分析，這衝鋒槍已證實為西鐵列車謀殺案的兇器，何Sir清楚不過。

槍上指紋欠奉，但嘉薰醫生從它的握把，取過掌紋。

「這槍除了證實屬於千面人外，從持槍人握槍的手法，以及欄杆手印的佐證，可推斷千面人是左撇子不錯！」嘉薰醫生又補上他的發現。

何Sir兩目發光，肚腹隆起，深吸了一口氣，然後振臂歡呼，「好！千面人以為自己沒有指紋，就為所欲為，連環做案，想不到留下的掌印，出賣了自己！」他腦筋一轉，又打起官腔來：「既然證明千面人是真兇，又掌握了他出現過的容貌，警方呼籲全港市民一同緝兇也未嘗不可。」

這幾宗案件相關，把所有厚厚的報告堆疊起來，竟成了一座小山。嘉薰醫生好像翻過重重峻嶺險峰，才來到柳暗花明處。他歎道：「經過深入調查，雖然在黃伯、張偉民、李志強的家中，都沒有發現指紋印；但留下的掌印，卻一一雷同——都同屬一人，即千面人。」

兩人對望一眼，彼此明白對方心情沉重。儘管證據排山倒海，但千面人的容貌千變萬化，混進人海中，如何揪他出來？

7

晚上六時三十五分，電視正播放新聞節目。何Sir在警察總部的記者室裏，表情嚴肅，正襟危坐，他前面是一排麥克風和錄音機。閃過一輪鎂光燈，何Sir開腔交代案情：「前天下午在皇后大道西發生的槍擊案，經過警方深入調查，已有新進展。警方掌握充分的證據，證明這宗槍擊案的疑犯，與9月11日旺角區那宗高空投擲腐蝕性液體案有關。警方現正通緝一名涉案人士，並懸紅二百萬給提供消息協助破案的市民。照片所示，乃該名受通緝的男子。他名叫李志強，又名Bill，中國籍，三十五歲，中等身材，香港身分證號碼：H001234（5）。他最後報住的地址，為旺角西洋菜南街。市民如有任何消息，請打警方熱線：76543210。我在此作出呼籲，此人為極度危險人物，若發現其行蹤，請儘快報警。」

「極度危險人物…… 嘿嘿！……」斜靠在沙發上的Donald冷笑，按一按遙控器，把電視關上，客廳一下子暗了下來。「刷」地一下燃亮了一根火柴，又順手拈來三根啡黃色的貓毛，遞到藍焰之上，貓毛「卜」地燒着，微微發出一陣異味，再化成點點黑灰飄落地上。

警察，他不放在眼內。

阿Wing和嘉薰醫生，一武一文，倒是勁敵。

嗯，阿Wing這人行蹤飄忽，嘉薰醫生倒作息有序，天天到醫院上班，條件對他有利。上次殺他不成，他自會加強防範，又棘手多了。跟他們的鬥爭，已變成長期的作戰遊戲。知己知彼，百戰百勝，要勝利就得有情報；可是，他決不願意屬於自己的任何線索落入警察手裏，成為檔案，可以核查探究。

哼，辦公室的竊聽器給拆除又怎樣？嘿嘿，誰會料到李志強即晚趁鑑證科人員收隊後，化成病房助理再安裝了另一個！

鬥智鬥力鬥兇鬥狠，李志強敢說，阿Wing和嘉薰醫生不是自己的對手。

8

雯的私家病房外，有警察守着，只許醫生、護士進出；到來探病的人必須登記，核實身分方可入內。待雯的精神好轉，警方會再跟她錄取口供。

嘉薰醫生再見雯的時候，她精神好多了。

花瓶裏的玫瑰大都凋謝了，他拿走，把新買來的鮮花換進去。雯最喜歡鬱金香，黃的、粉紅色的一大束，病房馬上增添色彩，生氣盎然。

「好漂亮！」雯眼裏滿是喜悅。

嘉薰醫生把玫瑰殘枝用報紙包起來，丟進廢紙箱。他清楚雯不喜歡玫瑰，覺得氣味和顏色都太濃烈。

「誰送的玫瑰？你根本不喜歡玫瑰。」嘉薰醫生語氣淡然。

雯知道男友吃醋了，故意保持沉默。

「醫生今早來過？說了什麼？」他坐到牀邊來，握着她的手，關切地問。

「你說那靚仔醫生嗎？剛來過。那些花，都是他送的。」雯偷看男友一眼，莞爾，甜在心裏。「他人真好，很關心我。」她補上一句。

嘉薰醫生捺下心底不悅，好想表現瀟灑一點，「有人關心你，很好啊！」不再追問下去。

雯看在眼裏，忍不住笑，噗哧一聲，「對呀，那醫生，專醫死人！」

嘉薰醫生心裏一喜，暗舒一口氣，原來雯在說自己，「正經一點。醫生怎樣說？」

「好，正經地答，玫瑰花是學生送的。」有時雯十分淘氣，當然也十分可愛。

「醫生怎樣説？」嘉薰醫生好關心雯。

「血檢各項都穩定下來，心理評估也不錯。醫生説再等一兩天，胃口好轉了，就可以不用吊鹽水，隨時出院。」雯認真地回答。

「這兩天不能陪你，真對不起。」

「沒關係。你在我身邊，我當然喜歡；但要在陪我或緝兇二者中選擇，我情願你去偵查，好早日找到兇手。」

「謝謝你。」

「嗯，麗文她怎樣了？知道誰開槍射殺她？」雯不忘這患難之交。

「快有眉目了。那冒牌嘉薰企圖竊聽機密，盜取警方鑑證資料，旺角那宗鏹水案，也與他有關。已跟阿Wing交代一切，有他幫忙，希望儘早把他拘捕歸案。」

「你真棒！大偵探！」

「誰是大偵探？我不是那個靚仔、好人醫生嗎？哈哈……」嘉薰醫生扮個鬼臉，逗得雯開懷大笑，二人乘機輕鬆一下減壓。

電視屏幕又出現了通緝犯李志強的照片，原來那貌似「嘉薰」的人，就是他。明知嘉薰不會殺人，但當「嘉薰」向自己這邊開槍，就覺得莫名的難受，想大叫、想吐。一回想這情境，當下她的心還「撲撲」亂跳，感到一陣窒息。

雯又不由地顫慄起來，嘉薰醫生把她緊緊抱住，又輕聲安慰。好一陣子，雯才定下神來。

「咇咇——」手提電話傳來短訊，是阿Wing的留言。

嘉薰醫生匆匆跟雯告別，就趕去辦公室。

9

「阿Wing，是我。什麼？你剛證實李志強不是千面人？喔，在他家中找到重要證據。對，基因樣本要先經科學鑑證分析，方可作準，法庭才會接受…… 當然由我來做，龍頭醫院檢測技術一流…… 你現在派人送過來？我通知化驗室準備。我會加倍小心…… 交收暗號？也好，萬一又來個『嘉薰二世』騙走樣本，就前功盡廢。請説，我抄下暗號⋯⋯好，半小時後在辦公室門口等。」

耳筒傳來一陣紙上書寫的聲音，Donald在旺角街頭一面溜達，一面留心聽着。路上人多車多，噪音吵耳，他要把耳筒扎深一點，才可聽得清楚。

「先生，先生，先生！」背後傳來叫喊，嗓門不住提高。

Donald回頭，是一名巡警，示意他把耳筒拿走。

Donald摘下耳筒。

「你知道自己剛才衝紅燈過馬路嗎？」警察問。

「對不起，阿Sir。下次不敢了。」Donald語氣軟和，必恭必敬。

「身分證！」警察鐵板着臉。

Donald一怔，讓警察纏住，就不好辦了！何況他身上還藏有槍械呢！但這裏是鬧市，人流不息，要逃有時也不容易。

Donald只好見步行步，把身分證交出去，左手準備隨時伸向腰間拿槍。任何風吹草動，都會令他兵行險着。

「什麼名字？」

「……」Donald一時竟答不上。

「怎樣，遇到警察，怕得連名字也忘了？」警察搖頭，笑一笑，氣氛緩和下來。

「身分證號碼？」

「H000123，括弧4。」這個Donald早背得滾瓜爛熟。

警察瞄了瞄身分證，核對容貌，問：「曾寶泰，是不是？」

Donald點頭。

「Donald Tsang？」警察唸着，幾乎笑了出來；又打量Donald一遍，警告他說：「Po-Tai Tsang，過路不要聽MP3。車死沒命賠的。」就把身分證遞回去，逕自走開了。

Donald才舒過一口氣，連忙回身叫了一輛計程車，揚聲道：「龍頭醫院。」

半小時後。

嘉薰醫生拿過阿Wing派人送來的基因樣本，匆匆離開辦公室，往化學化驗室趕去。

上那兒去要經過一條長走廊。

晚上八時，走廊還有不少人在走動：到來探病的病人親友陸續離開；穿上病人制服的大鬍子吃過晚餐在剔牙；清潔大嬸正處理一堆嘔吐物，而清潔大叔就在遠處用吸塵器打掃；還有電器技工在修理燈箱；剛巡房的醫生，和一張病人由護士醫生護航，火速趕往手術間的病牀……

嘉薰醫生誠惶誠恐，掃視路過的人，一張張面孔，其中混着千面人嗎？想到這裏，他不由地把文件袋握得更緊。

一個中年婦人在他身邊經過，向他點頭。她是誰？病人家屬？死者親人？嘉薰醫生想不起來，只好敷衍她一個微笑。

中年女人走遠，嘉薰醫生吁一口氣，她不是千面人。

有一個胸前垂掛着聽筒的男醫生迎面走來，「嗨！」他說：「嘉薰醫生，你臉色不好看！」對方步伐急促，並沒有停下來的意思，擦身而過之際，說：「有空記得約我吃飯！」

他是誰？嘉薰醫生腦裏迷糊一片，但匆匆走過的，肯定不是千面人。

嘉薰醫生邁開腳步向前，真箇一步一驚心，今天這段路變得比平日長。

「先生，你的鞋帶鬆脫了。」又一個青年走過，拍了拍他的肩膊，好意提醒。

嘉薰醫生低頭一看，那青年的話果然不錯，但手裏的樣本事關重大，總不成蹲下來把它放在一旁，縛個鞋帶吧。太冒險了。

正想上路，心中一格登，一道冷汗，自背脊流下。那青年，用左手拍他的肩膊！

嘉薰醫生一遲疑，那青年已回過身，從後用右手摟住他的肩膀，一副「老友鬼鬼」的樣子，壓低嗓門說：「嘉薰醫生，久違了。把你手上的公文袋拿來。」

這青年一身西裝，逼近，左手正要強搶公文袋，嘉薰醫生馬上輕輕挪動身軀，右腳踏前半步，站穩，再使勁用右掌推開對方的手。那人輕巧地把手一收，動作柔軟卻綿裏藏針；嘉薰醫生一掌落空，身體向左方轉移半步。雙方動作細碎而凌厲，青年的胳膊仍舊搭在嘉薰醫生的肩膀上，路過的人，還以為他倆老友相逢，親切問好，卻不知已來回對拆了兩招。

嘉薰醫生待要揚聲求救，卻怔住了。

「嘉薰醫生，別再動了。」青年勸告説，把左手插進西裝上衣裏。

嘉薰醫生感到如槍口的硬物，正抵住他的胸膛。他立刻抽身縮回，左手把抓緊的公文袋擋住槍口，右手握拳，一記向青年的心窩襲去。青年側身卸去來勢，嘉薰醫生順勢左手往前一甩，身子借力向後旋開，擺脱青年的糾纏…… 左手心隨着「砰 —— 」一下低沉微弱的槍聲，感到公文袋霍地震盪，拿不穩……

附近的人聽見槍聲，爭相跑開躲避，幸好公文袋擋了一槍；嘉薰醫生左胳膊受震盪波及，一陣麻痹如電流傳遍全身，教他一跤摔倒。他順勢在地上滾開，心裏只想着 —— 快逃！

青年乾脆拔出手槍，朝嘉薰醫生連扣三下扳機。

第一槍直擊嘉薰醫生的心臟；

第二發子彈，向他頸部大動脈飛射；

第三發子彈，瞄準腦袋。

「砰——」「砰——」

第一顆子彈，因嘉薰醫生在地上滾動，擊中他的背部，衣服留下一個槍洞。

第二顆子彈正要穿過嘉薰醫生的脖子，卻在空中作「V」形反射，轟破了玻璃窗。

至於第三發子彈正在槍管旋轉加速之際，忽地空中傳來「颼」的一聲，青年只覺手背一陣劇痛，槍拿不穩，槍管下垂，「砰——」流彈誤中自己的腳脛，脛骨應聲而裂。他哀聲慘叫，跪倒地上，手槍丟在腳旁，手背、腳脛鮮血淋漓。

剛才嘉薰醫生想旋身滾地逃命，在不遠處拖拉着吸塵器打掃的清潔大叔，眼見青年拔出手槍，便馬上使出「彈指神功」，彈出一枚兩角硬幣，截擊子彈，改變了子彈的軌道，子彈「V」形反射，擊破了玻璃窗。

同時，電器技工從工具箱抽出一柄鏢刀，擲向青年，刀鋒劃過他的手背，把他的手筋割斷，手槍應聲落地。

接着，剔牙病人、巡房醫生和探病親友一窩蜂地撲上去，把青年制伏地上；醫生又從白袍口袋拿出手銬，從後扣上青年的雙手。這時，在病牀上躺着的病人也跳起來，與護士一起把嘉薰醫生抬起，移到牀上，推到走廊的一個角落。

一路在處理嘔吐物的清潔大嬸，這時柱着掃帚在旁吶喊：「好啊！兄弟，把千面人五花大綁！對千面人這種惡魔，不要講仁慈、人權。切記！」説罷，脱下人皮面具，露出真人阿Ken來。

「放心，這趟落在我手上，他插翼難飛。」醫生見已把千面人制伏，一躍而起，頻頻用手抹拭額上大汗；待他脱掉醫生袍、摘下假髮，原來是何Sir！「手足，先押他到羈留病房，再找醫生替他治療。雖然他手殘腳跛，但不能大意，要二十四小時貼身監視。」

「Yes，Sir ！」

在走廊的角落，雯伏在病牀牀沿，稱讚臥牀的人：「你沒事吧？原來身手那麼好，佩服！」接着把護士帽子除下。

「多虧身上的避彈衣。那公文袋裝了什麼？好重！子彈也射不穿！倒是我的手給震麻痺了。」牀上的人回答。

清潔大叔放下吸塵器，來到牀邊。雯笑着説：「如果不是阿Wing和阿漆的暗器功夫了得，看來你凶多吉少。」

「全靠千面人槍法準確，射中你的背。」阿Wing邊説邊剝掉他清潔大叔的面具，「如果換了是阿Ken，槍瞄心臟，頭顱準開花。我們有心要截槍彈，也截不了。」

「還是阿Wing的點子妙。」雯豎起拇指，「發現了竊聽器，非但不把它拆除，反而利用它來引千面人上當。」

「當然！不是我賣花讚花香，千面人遠不及我聰明。」阿Wing神氣十足，「他終於栽在我手上。千面人非常着緊，力保他的線索不落在警方手裏，這是他的弱點。」

阿Wing發現竊聽器，但安裝的人並不知情，形勢即時逆轉。運用得宜，這竊聽器變成了對方的網羅。

阿漆把工具箱擱在一旁，也發表他的看法：「與其辛苦到處找他，倒不如引他現身。」

「誰在讚花香？」阿Ken洋洋得意地對嘉薰醫生說：「我也有功勞，即時請來易容大師輝哥幫忙，以彼之道還施彼身。」

一味剔牙的大鬍子走近，撕去鬍鬚，棄掉牙簽，露出嘉薰醫生面目，笑說：「也該謝謝露絲。如果換了是我和千面人對拆，這張牀怕要推去殮房了。」望着仍躺在牀上的露絲，問：「你怎麼還戴着面具？不辛苦嗎？」

背部仍隱隱作痛，露絲索性賴在牀上，竟忘了摘下面具。她手指往下頷骨處一按，往上一扯，就把嘉薰醫生的人皮面具扯開，舒暢地伸個懶腰，說：「好舒服！做回自己，真輕鬆！」

「當然，面具黏稠稠的，以後不要再玩這個了！」大家紛紛把面具除下，握在手裏，開懷大笑。……

說真的，他們很久沒如此釋懷了。

餘韻

一個月後，麗文逐漸康復過來。

阿Wing、阿漆和露絲開車到醫院接她。

阿漆收她為徒，這個月來，經常在醫院的平台傳授她擲暗器的心法和手法。除了憐憫她景況淒涼，也實在賞識她餘下感官的功能異常敏銳，聞風辨位的能力極高，是個可造之材。阿漆還替她特製了一種X形的迴旋鏢，她若能潛心苦練，假以時日，必能收放自如，百發百中。

麗文覺得好玩，技藝漸漸進步，人開朗了不少。阿Wing見麗文右臉的疤痕疙疙瘩瘩，就叫阿Ken請來易容大師輝哥，作她的形象顧問。起初麗文認為多此一舉，失明人還講究美醜？不過最後還是接受了阿Wing的好意。

輝哥用脂粉令疤痕變淡，把鼻子和面部的輪廓勾勒出來，又修整頭髮，讓髮絲帶點鬈曲，垂往右臉，掩去大半邊面，疙瘩的疤痕一下子不再顯眼。

大家見到麗文，眼前一亮，都説判若兩人，盛讚她比以前漂亮多了，更增添一份嫵媚和神祕美。當露絲嚷着要輝哥也為她修同一髮型，麗文不期然用手摸摸頭髮和臉龐，好好感受這嶄新的改變，也笑了。失去男友Tommy，卻贏來友情，麗文展現住院以來最滿足的笑容。

麗文終於出院，嘉薰醫生站在醫院門外，目送阿Wing的BMW去遠，默默祝福、盼望這個以迴旋鏢為武器的X女俠，早日藝成出道，警惡鋤奸，為民除害。

後記

陳嘉薰

創作，需要靈光閃亮，也得苦心經營。

繼《生死X緣》，我和梁科慶再聯袂合著。對我來說，這種crossover共同創作，是自我提升的一種方式。

實話實說，二人合著這回事，起初曾因為我這方出現問題，難產了；後來更胎死腹中，成了《生死X緣》的前傳。

但這件事，卻奇妙地造就了《隱市狂徒》的誕生。

早在2007年，我和科慶已考慮合作寫書，礙於工作和種種原因，我一直無法下筆。為了激勵我努力，科慶身先士卒，捎來一則「百搭」開了頭，沒有預設結局，沒有定下框架，由我續筆。

在起頭的章節，阿Wing和嘉薰醫生相遇，討論一宗謀殺案，字裏行間看得出科慶用心良苦，設法營造多個發展方向，為故事鋪下四通八達的路。可惜，那篇文字擱在我案頭好一段日子，到驚覺截稿期近，卻又因審校另一本書忙着，無法動筆，只能歎喟合作一事大勢已去，就把稿件退回去；並請科慶把原來的創作意念，發展成他另一個故事，我們下一本書再來。

明明是我這個慢郎中兼大懶蟲的錯，交代時卻輕描淡寫，我真的有點無賴。（幸好，後來還是跟科慶完成首部合著的《生死X緣》。）

科慶老實不客氣，就用那章節一揮而就，寫了一個精彩的故事，付梓成書，在書展期間推出。

那正是千面人的故事——《千面殺機》。

誰料到，書中的主角千面人，三年後現身《隱市狂徒》！

09年中，我和科慶又探究合作的可能性。科慶了解我這軟皮蛇，不施點壓力不成，他再給故事起個頭。

那章阿Wing和嘉薰醫生有半場對手戲。阿Wing是科慶筆下人物，他寫來駕輕就熟；但來到嘉薰醫生部分，寫這個「外來」角色，就人似神不似，讀起來有點怪。當然，我寫阿Wing，也一樣「貌合神離」，出現了Q^2版的特工高人。

再者，記起讀者指出這對主角在首部合著中，沒有什麼切磋交流，怎好？我靈機一動。何不順水推舟，把這怪怪的阿Wing編成是他的模仿者？但由誰擔當這角色？有什麼陰謀？我定意從「Q版特工」系列中尋找答案。

這系列的角色豐富，我研究了好一陣子，又重讀《千面殺機》，發現千面人的可塑性極高。他雖然被捕，但要自圓其說讓他逃獄，並不困難。主角就這樣定下來。

千面人為什麼要冒名？他作了什麼案？這比較棘手。有一天我腦海突然閃過一個意念，與早前在旺角區發生的高空擲物有關，想大概可以借題發揮，也就寫下了《隱市狂徒》初稿。

嘉薰醫生的偵探故事，多從歹徒作案開始，然後警方介入調查，嘉薰醫生抽絲剝繭、窮追真相，最後偵破破綻，水落石出——情節直線發展。這書的情節推進也相若。

初稿到了科慶手裏不久，就收到回件，打開，眼前一亮。科慶是講故事的高手，善於鋪排情節，他大刀闊斧作出修訂，為主線加插不少枝節，劇情峰迴路轉：千面人在重重包圍下一再逃脱，但又處理得恰到好處，豐富了內容、層次。

十多年前科慶寫了《在書架上飛行》(1997，突破）這本書評，比較了兩種説故事的技巧。他舉美國電視片集《X檔案》和小説「衞斯理」系列為例，闡明什麼叫「直線發展」和「枝節鋪排」，並兩者如何處理故事情節。

《隱市狂徒》的初稿，思維是直線的，由調查、假設、求證到破案，過程漸進，仿如《X檔案》。是科慶注入了衞斯理元素，令故事「節外生枝」，增加了懸疑性，也提高破案的難度和傳奇，節奏和動作感也加強了。一棵筆直的樹幹，就變得盤根錯節，枝葉繁茂，饒有氣勢。科慶把創作的理論融入寫作，揮灑自如，令《隱市狂徒》的創作過程，比《生死X緣》更有趣好玩。

書稿在我和科慶手上球來球往了好多次，連番修訂，也喜見二人在作品裏的界線，愈顯模糊。這就叫合著吧？無分你我，彼此信任，寫就了一本個人無法完成的小説。

初稿寫好不久，料不到深水埗竟也出現狂徒，把盛了腐蝕性液體的玻璃瓶，從高處擲向街上人羣，真是舊案未破，新案又現，令人心更惶惑不安。故事中千面人落網，謹願這些擲物狂徒，也早日給繩之於法，讓市民安居樂業。

作者電郵，歡迎聯絡：

陳嘉薰
drgavinfile@yahoo.com

梁科慶
forhing@gmail.com

感謝您選了這本書，閱讀以後，
您有沒有一些啟發，一些感想？我們期望您的聲音。
請登上 **www.btproduct.com/book**，
在「讀者回應卡」頁面內填寫。謝謝。

飛翔專號系列最新書目

《生死 X 緣》 梁科慶 陳嘉薰

劇毒「物質 X」，叫阿 Wing 英雄末路，
嘉薰醫生急要治好活友人；
更翻出善良男人與惡毒女人的一段情！
「死人」復生 —— 金大芝再現！
X 是情、是怨？終須以血來償！

歷奇小說

書名	版次	作者
嘉薰醫生 7 移兇	初版2刷	陳嘉薰
嘉薰醫生 6 三重隱形殺手	初版2刷	陳嘉薰
嘉薰醫生 5 槍火魔蹤	初版4刷	陳嘉薰
嘉薰醫生 4 死亡密碼	初版3刷	陳嘉薰
嘉薰醫生 3 黑色恐怖郵包	初版4刷	陳嘉薰
嘉薰醫生 2 複製人魔	2版4刷	陳嘉薰
嘉薰醫生 1 千年奪命病毒	2版5刷	陳嘉薰
嘉薰醫生之血細胞終極愛旅	初版2刷	陳嘉薰
嘉薰醫生之細胞情人歷險記	初版3刷	陳嘉薰
嘉薰醫生之血細胞麥高飛	2版2刷	陳嘉薰